KB073595

붙들고   올라가기

붙들고 올라가기

슬픈 몸치의
운동 격파기

지민
에세이

같이 운동할래요?

"이번 주에 한번 만나자. 언제 시간이 괜찮아?"

친구의 연락을 받고 스마트폰 캘린더를 열어본다. 월요일에는 야구 야간 연습이 잡혀 있고, 화요일과 목요일엔 클라이밍을 하러 암장에 가야 하고, 수요일엔 PT가 예약되어 있네. 토요일은 저녁 약속을 잡으면 안 돼, 일요일엔 야구 리그 경기 가야 하니까. 금요일은 쉬는 날이라 아침에 동네 러닝 짧게 하고 저녁에 약속 잡으면 되겠다. 친구는 운동으로 빼곡한 내 스케줄에 어이없어한다.

"네가 무슨 프로 운동선수냐?"

10년 전, 아니 불과 5년 전만 해도 상상하지 못했을 미래다. 게으르기로 소문난 내가, 매일같이 술 파티를 벌이던 내가, 다른 사람과 내기한 것도 아니고 누가 시키지도 않았는데, 자의로 매일 운동을 한다고?

그래, 나조차 믿을 수 없지만 그게 지금의 나다.

'붙들고 올라가기'라는 이름은 '일간 매일마감' 편집장인 이다 작가가 붙여주었다. '일간 매일마감'은 창작자 네 명이 주축이 되어 만든 구독형 일간지였다. 나는 2020년부터 2021년까지 '붙들고 올라가기'라는 제목으로 운동 에세이를 썼다. 나는 이 이 작명이 몹시 마음에 들었다. 홀드를 손으로 붙잡고 올라가는 클라이밍 동작에 대한 설명이기도 하고, 운동을 잘하지도 못하면서 어떻게든 붙들고 해보려는 내 모습을 가장 잘 표현해주는 말이라 느꼈기 때문이다. 스포츠만화 주인공처럼 어느 날 갑자기 몰랐던 재능을 발견하는 일은 없다. 매일 조금씩이라도 몸을 움직이는 게 목표라면 목표다.

한 치 앞을 모른 채 살던 프리랜서 시절엔 규칙적인 생활이 힘들다는 이유로 운동을 멀리했다. 사무직 노동자로 살면서 규칙적인 생활이 가능해졌을 땐 출퇴근 거리가 멀다는 이유로 운동을 미뤘다. 나를 위로해주는 것은 음식뿐이라 여겼다. 과식과 과음은 습관처럼 몸에 들러붙었다. 체력은 하락세, 몸무게는 증가세, 기분은 추락세. 술을 마시며 괜히 외쳐보았다.

'아! 운동 좀 해야 되는데!'

술자리에서 외친 말로는 아무것도 변하지 않았다. 직접 몸을 쓰는 것만이 몸을 달라지게 할 수 있었다.

출퇴근만 반복한 지 2년이 지났을 무렵 체력은 이미 바닥을 치고 있었다. 한번은 회사 근처에 점심 식사를 하러 자전거를 타고 갔다가 돌아오지 못할 뻔도 했다. 자전거로는 10분도 채 걸리지 않는 내리막길이었다. 출발할 땐 배고픔도 잊고 신나게 내려갔는데, 다시 올라오는 길은 쉽지 않았다. 시간 내에 회사에 복귀하려면 걷는 걸로는 무리였다. 그래도 바퀴로 구르는 쪽이 낫지 않을까 싶어 자전거에 올랐는데… 허벅지가 터져라 페달을 밟고 간신히 회사에 도착한 다음 그대로 기절할 뻔했다. 도저히 계단을 오를 수 없어 엘리베이터로 2층 사무실에 올라갈 정도였으니, 그야말로 혼신의 힘을 다한 셈이었다. 덕분에 그날 오후는 넋이 나간 채 일도 하는 둥 마는 둥이었고, 며칠간 근육통으로 움직일 때마다 신음을 달고 살았다. 그 뒤론 택시를 타면 탔지, 다시 자전거를 탈 생각은 하지 못했는데, 올해의 나는 다르다! 스쾃으로 꾸준히 단련한 덕에 제법 튼실해진 허벅지는 오르막에도 굴하지 않고 자전거를 굴린다. 내리막길을 내려갈 때와 1분밖에 차이가 나지 않는 속도! 예전처럼 자전거에서 내려 쓰러지지도 않는다. 당당히 계단을 걸어 올라와 사무실에서 물 한 잔을 마시는 여유도 누렸다. 이 정도면 거의 다시 태어난 거 아닐까?

예전에도 운동을 시작하는 건 잘했다. 한 번이라도 경험해본 종목을 다 꼽아보니 실패의 역사다. 아직도 평영과 접영을 할 줄 모르는 수영, 거울에 비친 내 모습이 너무 못나 보여 좌절감만 안겨주었던 재즈댄스, 머리로는 이해해도 몸은 출력 오류를 내던 스포츠댄스, 짧아진 햄스트링 덕에 늘 '으~' 소리만 내던 요가, 척추 운동을 하겠다고 운동용품만 잔뜩 구매하고 끝나버린 SNPE(바른자세운동), 아파트 지하 강습실 맨 뒷자리에서 한 번도 벗어나지 못했던 에어로빅, 거기에 결제만 하고 나가지 않은 헬스장까지 합치면… 한 달을 못 채운 종목도 있고 간신히 두세 달 나가다가 이런저런 핑계를 대며 그만둔 종목도 있다. 너무 못하니까 선생님이 날 비웃을 것 같다는 생각에, 같이 시작한 사람보다 너무 뒤처진다는 느낌에 혼자 움츠러들어 그만두기 일쑤였다. 등록만 해놓고 안 가는 패턴이 반복되다 보니 '나는 또 그만두겠지' 하는 체념이 앞서기도 했다.

운동에 재미를 붙이고, 그 덕에 삶의 모양이 달라지는 경험을 한 후엔, 주변 사람들에게 끊임없이 운동을 권한다. '암장에 와서 체험 한번 해볼래?, 아니면 야구는 어때? 우리 팀은 항상 신입회원을 찾고 있어, 아님 나랑 같이 동네 달리기를 해보는 건 어때?' 지인들은 과거의 나처럼 '그러게, 운동해야 하는데…'라며 끝맺지 못한 문장만 뱉는다. 그 마음도 너무나 잘 알기에 더는 말하지 않지만, 그들 각자에게 어떤 운동 종목이 운명처럼 다가올 날을 몰래 기도한다.

운동하는 습관을 들이려면 자신과 잘 맞는 종목을 찾는 게 큰 도움이 된다. 나는 클라이밍 덕분에 운동에 재미를 붙였다. 1분만 벽에 매달려 있어도 숨이 턱까지 차오르니까 시간 대비 '운동한 느낌'이 강해 만족도가 높았고, 무엇을 하든 가성비부터 따지는 내게 잘 맞았다. 오랫동안 벽에 매달려온 것에 비해선 내 실력이 엉망이지만, 할수록 재미있는 운동이다.

장비도 무시할 수 없다. 마음에 드는 운동복을 마련하거나 스마트워치를 사는 건 괜찮은 동기부여다. 운동하기 전에 옷부터 마련하냐고 핀잔하는 사람들이 분명 있을 것이다. 운동이 옷을 사는 핑계가 되면 좀 어떤가. 또 옷부터 사고 말았다는 죄책감을 동력 삼아 어쨌든 운동을 하면 된다. 나는 달리기를 하겠다며 애플워치를 샀고 이 시계 덕분에 한 걸음이라도 더 걷는다. 애플워치는 아이폰과 연동해서 움직임이나 운동량을 체크해 주는데, 자신만의 목표치를 정해놓으면 그 목표를 이뤘을 때 일종의 보상이 있다. 보상이라고 해봤자 별건 아니고, 하루의 '링'이 꽉 차거나 배지를 받는 식이다. 나는 하루에 450kcal만큼 움직이고, 최소 30분간 운동하고, 1시간마다 1분 일어서는 걸 12번 하는 게 목표다. 하루 만 보 정도 걸으면 달성할 수 있는 수치다. 링을 채운다고 상금이 나오는 게 아닌데도 '아직 달성할 기회가 있어요'라는 응원 알람에 버스 탈 거리도 걷고, 사무실에서 멍하게 앉아 있다가 '일어날 시간입니다!'라는 알람이 오면 벌떡 일어나서 정수기 앞에라도 다녀온다. 애플워치를 샀을 때의 다짐처럼 달리기를 자주 하지는 못해도 매일 시계를 보며 뛰어야지 생각한다. 백 번 생각하면 적어도 한 번은 달린다. 그 한 번이 중요하다.

운동을 함께할 사람이 있으면 더 좋다. 응원과 격려

는 기본이고, 비운동인들이 듣기엔 재미없을 시시콜콜한 운동 에피소드를 맘껏 떠들 수 있으니 더 열심히 운동할 힘이 난다. 땀범벅이 된 채 '죽을 거 같아요'를 호소하는 이들이 곁에 있으면 어찌나 든든한지!

일정표를 운동으로 채운 지도 벌써 2년이 다 되어간다. 갑작스럽게 닥친 코로나 시국으로 꾸준히 운동하는 게 쉽지는 않았다. 여전히 운동을 잘하는 사람은 되지 못했고, 남들과 비교하다가 쭈뼛거리는 날도 있다. 하지만 이젠 운동을 그만둘까 봐 걱정되진 않는다. 안 되던 동작이 어느 날 가능해지고, 10개도 힘들던 스쾃을 20개 해냈을 때의 즐거움을 아니까. 남들에게도 그 즐거움을 알려주고 싶어서 지나치게 들이대는 걸 빼면 순탄한 운동 라이프!

우리, 같이 운동할래요?

차례

붙들고   운동

건강검진

어릴 땐 타고난 체력이 괜찮은 편이었던 것 같다. 초등학교 입학 당시 몸무게 19kg, 키는 115cm 정도로 반에서 1, 2번을 다투는 작고 마른 아이였는데, 해 뜨고부터 해 질 때까지 놀아도 지치는 법이 없었다. 몸이 가벼운 덕에 7단 뜀틀도 훌쩍훌쩍 넘었고, 정글짐과 구름다리에 오르면 내려올 줄을 몰랐다. 중고등학교 시절, 운동량은 급격히 줄었지만 여전히 체력은 나쁘지 않았다. 20대 때는 밤새 술을 마시고도 훌훌 털고 출근할 수 있었다. 원래 가지고 있었던 것이기에 소중한 줄 몰랐다. 살던 대로 살아도 괜찮을 줄만 알았다.

지금으로부터 5년 전, 10여 년간 해온 프리랜서 생

활을 접고 회사에 출근하게 되었다. 이유가 명확하지 않은 불안에 시달리던 때였다. 심리상담 선생님 앞에서 눈물 콧물을 흘리며 온갖 이야기를 쏟아낸 뒤에도 불안 증상이 쉽게 나아지지 않았다. 선생님은 불안을 잠재울 방법 중 하나로 매일 출퇴근하는 회사에 다니는 건 어떨지 제안해주었다. 시간과 공간을 고정하는 훈련이 불안감을 줄이는 데 도움이 될 거라 말씀하셨다. 프리랜서의 '프리'가 '자유'를 뜻하지 않는다는 걸 알고 있었지만, 오히려 나를 힘들게 하는 원인일 줄은 몰랐다. 프리랜서로 일할 때는 다음 일을 따내기 위해 '기대 이상'을 해내야 한다는 압박에 시달렸다. 100만 원을 받으면 105만 원어치를 한다는 각오를 다졌다. 그러지 못하면 다음 밥벌이가 없을 거라는 위기감이 나를 짓눌렀다. 누군가가 나를 평가하는 것만큼 나 스스로를 평가하는 데도 익숙했다. 일을 좋아했고, 일에서 성과를 내고 싶어 했던 성격도 한몫했을 터다. 단기계약직에서 일반정규직으로 패턴이 바뀌고 나니, 오늘을 망쳐도 내일 다시 출근할 기회가 내게 주어졌다. 매일 같은 시간에 사무실에 도착해 매일 똑같은 사람들에게 인사하는 것도, 출퇴근을 하며 온전히 혼자만의 시간을 가질 수 있다는 것도 좋았다.

그리고 시나브로, 내 생활은 규칙적으로 엉망이 되었다. 아침에 눈을 뜨면 이불에서 간신히 기어 나와 비몽사몽간에 씻었다. 회사가 멀어 차로 운전해 다니느라 앉아서 출근, 앉아서 일, 다시 앉아서 퇴근하는 게 반복됐다. 하루 중 걷는 거라곤 주차장에서 집에 오는 게 다였다. 출퇴근할 때 고속도로를 달리다 보니 운전할 때도 늘 신경이 곤두섰다. 피곤해진 정신은 저녁에 곁들인 반주로 해결하고, 먹은 걸 치우고 씻으면 다시 잘 시간이었다. 몸무게가 조금씩 늘어나고, 어깨와 허리에 통증을 느끼는 날이 잦아졌다.

그 전에 주로 하던 일은 영상을 만드는 거였다. 취재 다니고, 촬영하느라 앉아 있을 때보다 거리에 서 있는 일이 많았다. 종종 영상 제작과 관련된 강의를 하기도 했는데, 그땐 운전면허도 없어서 전국을 대중교통으로만 돌아다녔다. 하루 만 보 걷기는 기본이고, 각종 장비들을 이고 지고 지하철이나 버스를 타는 것도 거뜬했다. 내가 타고난 체력이 좋은 거라고만 생각했지 많이 움직이면서 나도 모르게 체력을 보충하고 있는지는 몰랐다. 무협지 주인공들이 매일같이 물을 긷고 잡초를 베듯이 내가 나를 단련해왔던 셈이다.

입사하고 1년이 되었을 무렵부터 신체 곳곳에서 신호를 보내왔다. 구부정한 자세로 모니터를 보다가 왼쪽 다리가 저릿저릿한 걸 느끼기도 했고, 갑자기 새끼손가락 끝에 감각이 없어지는 날도 있었다. 방바닥에 앉아 월드컵 경기를 보다가 그대로 허리가 굳어서 기어가듯 출근한 날도 있었다. 하지만 며칠이 지나면 살 만했다. 그래서 내 몸 어딘가에 문제가 있다는 걸 어렴풋이 알면서도 애써 외면했다.

그러다 건강검진일이 다가왔다. 국가에서 제공해주는 사무직노동자 건강검진은 프리랜서 시절에는 받지 못했던 혜택이었다. 건강검진은 2년에 한 번씩 돌아온다고 하는데, 검진 당일엔 공가를 얻어 쉴 수 있었다. 동료들은 아침 일찍 예약을 해서 서둘러 검진을 받고, 하루 느긋하게 휴가를 보내는 게 좋다고 했다. 검사는 길어야 한 시간 정도 걸린다고 했고, 검진 전날 금주해야 하는 것만 빼면 딱히 조심할 것도 없었다.

과정도 생각보다 간단했다. 소변검사와 피검사를 하고, 혈압과 인바디를 측정하면 끝. 몸무게가 많이 늘긴 했지만 크게 문제가 있는 것 같지는 않았다. 의사 선생님과 상담을 하기 전까진.

"몸에 골격근량이 표준보다 한참 부족해요. 체지방은 표준 이상이고요."

선생님 손에 들린 인바디 결과지에 붉은 체크 표시가 여기저기서 반짝였다.

"근력도 많이 키우셔야겠어요. 운동은 따로 하는 거 없으신가요?

"네…"

"혈압도 조금 높아요. 고혈압 전 단계로 의심됩니다. 혈당값도 정상범위 안에 들어오긴 했지만 약간 높아요. 아직 약을 드실 정돈 아닌데, 생활 습관을 바꾸셔야해요. 지금 여기 체크하신 거 보면, 술도 너무 자주 드시네요. 한 번에 얼마나 드시나요?"

사전 문진표에 차마 사실대로 쓰지 못하고, 실제의 5분의 1 정도만 적어두었는데도 경미한 알코올중독이라는 말을 들었다. 문진을 마치고 진료실을 나서려는데, 선생님이 마지막 당부를 하셨다.

"근력운동 꼭 하세요. 여기서 더 안 좋아지면 위험해요."

알고 있었지만 의사 선생님에게 듣는 건 또 달랐다.

'저도 알아요'라고 마음에 켜켜이 쌓인 변명들과 함께 소리치고 싶었다.

선생님, 제 마음은 늘 운동 중이었어요. 밤에 침대에 누워서는 내일 아침에 일어나면 동네를 달려야지, 아니면 요가를 해야지 같은 생각으로 가득했다고요. 물론 아침엔 허겁지겁 일어나느라 기지개를 펼 시간조차 없었지만, 마음만은 회사까지 맨몸으로 달려갔어요. 사무실에 앉아서 저린 다리를 두들기면서도 생각했죠. 퇴근하면 운동해야지 안 되겠어. 헬스장이라도 등록할까? 아님 수영? 하지만 퇴근할 때가 되면 손 뻗을 힘도 남아있지 않았어요. 그렇게 미루고 미루다 보니, 어느새 이렇게 흐물흐물해지고 말았습니다.

하루를 즐거운 휴가로 쓰려던 계획은 파투 났다. 인바디 결과에 따르면 체지방률 경도비만, 복부지방률 경계, 기초대사량 표준 이하였고, 근육은 2kg 늘리고, 지방은 3kg 빼는 게 권고 사항이었다. 다른 것보다 신체발달점수가 '약함'이라는 게 뼈아프게 다가왔다. 이제 둘러댈 핑계는 남지 않았다. 이건 경고였다. '살려면 운동해라, 네 몸의 무료 사용 기간은 끝났어'라는 무시무시한 경고.

이건 내 운동

대학을 졸업하고 처음 했던 일은 독립 다큐멘터리 영화의 조연출이었다. 밥벌이가 되는 일은 아니었기에 취직이라고 부르기엔 뭐하지만, 어쨌든 그 일을 하기 위해 다른 알바를 해가며 버텼다. 당시 그 작품의 연출자였던 H언니는 나와 딱 열 살 차이가 나는 30대 중반의 운동 마니아였다. 매일 수영은 기본이고 요가도 열심인 사람이었고, 그의 파트너 역시 생활운동인이었다. 두 사람은 결혼을 하고 신혼집을 구하면서 최우선 순위로 근처에 산책할 공원과 수영장이 있는지를 알아보았다.

"지민아, 운동은 무조건 해야 돼. 체력이 뒷받침되어야 다른 일도 할 수 있어."

숙취가 덜 깨 골골거리며 작업실에 출근하면 운동하라는 조언이 먼저 들려왔다. 언니는 행동력도 좋았던 사람이라 그 말들은 조언으로 끝나지 않았고, 나는 반강제로 언니가 다니던 수영센터에 등록하게 되었다.

　"해보면 진짜 좋아. 아침에 일어나면 상쾌하고, 머리도 잘 돌아간다니까?"

　그쵸, 좋죠. 알죠, 상쾌하죠. 근데 너무 귀찮았다. 작업실로 출근하는 것도 힘든데, 그 전에 운동까지 해야 한다니. 차마 못 하겠다는 말은 입 밖에 내지 못하고 마음속으로만 구시렁거리며 수영장으로 향했다. 수영장까지 가는 길은 너무나도 험난하고 발걸음은 천근만근이었지만, 물속에 들어가면 좋긴 좋았다. 비교적 한적한 자유수영 10시 타임. 나는 할머니들과 자유형으로 트랙을 돌았다. 20대인 나보다 체력이 좋은 할머니들은 내가 한 바퀴를 겨우 돌 동안 두 바퀴도 너끈히 돌고 돌아오셨다. 나도 저렇게 체력 좋은 할머니가 되어야지, 생각하며 내일은 더 일찍 수영하러 오겠다고 결심을 한다. 그리고? 저녁엔 또 술을 마시거나 밤새 밀린 드라마를 보느라 이튿날은 어김없이 늦잠이다. 언니는 고급반이라 시간대가 달랐는데, 수영장에 왔냐고 물을 때마다 몇 번은 수영 끝나고 샤워하느라 전화를 못 받았다는 거짓말을 하기도 했다. 그냥 나 좀 냅두지, 영화나 더 가르쳐주지…. 이게 그때 내 솔직한 심정이었다. 그렇게 반강제로 일정표에 끼워 넣었던 수영시간은 몇 달 만에 은근슬쩍 지워졌다. 언니는 술을 못 마시는 체질이라 술보다 좋아하는 게 많아서 그럴 수 있다고만 생각했다. 그런 건강함이 부러울 때도 있었지만 나는 다른 종류의 인간이라고 재빨리 합리화했다. 그래도 그땐 살 만했다. 운동을 하지 않아도, 몸은 그럭저럭 건강한 것 같았다.

이 글이 타임슬립물이라면 그때 나에게 이렇게 말해줄 것이다. 다른 건 다 필요 없고 무조건 운동해라, 뭐든 좋으니 아무거나 1년만 해라, 제발… 내가 이렇게 빌게…. 떠나간 사랑도, 창피한 실수도 다 지나간다. 하지만 지나간 체력은 돌아오지 않아!

미래의 나에게 물려주어서는 안 될 몸인 채로 30대가 되었다. 30대 후반의 나는 운동을 중도 포기한 경력으로 이력서를 빼곡히 채울 수 있다. 이제는 취미로 운동하는 게 아니라 '살려고 운동'을 해야 했기에 내가 조금이라도 재미있게, 오래 할 수 있는 운동을 찾아야 했다. 그때 떠오른 게 바로 클라이밍, 암벽등반이었다.

클라이밍을 시작한 때는 지금으로부터 10년 전, 아이를 낳고 2년이 지난 뒤였다.

그렇다. 나는 임신을 했었다. 물론 이것도, 이 글이 타임슬립물이라면 과거로 돌아가서 호되게 혼내줄 일이지만, 여하튼 그렇게 되었다. 내 생에 출산은 없다고 누누이 외쳐왔는데, 뭐든 장담하면 안 된다는 걸 인생 전체를 걸고 배웠다. 아이를 낳기로 결심하고 아이를 낳을 때까지도, 그게 어떤 변화를 가져올지 명확히는 몰랐던 것 같다. 남들이 다 하니까, 나도 어떻게 되겠지 싶었다. 안개가 자욱한 논길을 걷는 듯 눈앞이 뿌옇고, 길은 좁게만 느껴졌는데도 그저 길이 난 대로 따라가면 되려니 했다. 그런데 예상보다 안개가 짙었다. 모르는 일이 너무 많았다. 사수 없는 신입사원이었고, 내게 맡겨진 프로젝트는 누군가의 목숨이라는 어마어마한 것이었다. 때때로 마음이 먹먹해져 눈이 퉁퉁 붓도록 울었다. 그날들의 기억은 구체적으로 남은 것이 없다. 덩어리진 감정들만 덜그럭거리며 남았다. 하루하루 절대 끝내서는 안 될 게임의 미션을 완수하는 마음으로 살았던 것 같다.

임신, 출산, 모유수유를 거치며 내 몸의 영양분은

아이에게 많이 내어주었고, 이를 보충할 잠은 부족했다. 아이가 두 살이 되었을 때 나는 체력적으로 완전히 고갈된 상태였다.

그때 아버지가 내게 클라이밍을 권했다.

나의 타고난 체력은 아마도 아버지에게 물려받은 유전자일 것이다. 축구선수가 꿈이었지만 다른 '운동'에 빠져 운동선수가 되겠다는 꿈을 이루지 못했던 아버지는 취미 운동 분야에서만큼은 지지 않겠다는 각오로 사는 듯 보였다. 요가, 댄스 등 문화센터 수업을 섭렵했고 평일 아침엔 수영, 오후엔 실내 암장, 주말엔 산에 다녔다. 식당을 운영하느라 지칠 법도 한데, 웬만해선 지치지도 않았다. 아버지는 자신이 다니는 암장에 비용을 대줄 테니 3개월만 다녀보라는 제안을 했고, 손해 볼 게 없는 나는 냉큼 미끼를 물었다. 때마침 노스페이스, K2 같은 아웃도어 브랜드가 인기를 얻고, 등산복을 입는 사람들이 늘어나면서 클라이밍이라는 운동이 대중적으로 알려지던 시기였다.

아버지가 다니던 암장은 지하에 있었다. 지하로 몇 걸음 내딛자마자 발 냄새가 뒤섞인 곰팡이 냄새와 함께 지하의 눅눅함이 느껴졌다. 여기 정말 괜찮을까? 돌멩이 같은 게 다닥다닥 붙어 있는 벽은 흰색인지 회색인지 구분할 수 없었다. 낮 시간이라 사람은 많지 않았다. 한쪽 벽에서는 상체를 훌렁 벗어젖힌 백발 남성이 아무렇지도 않게 '훅훅' 소리를 내며 턱걸이를 하고 있었다. 다른 한쪽에선 스파이더맨처럼 누군가 천장에 거꾸로 매달려 있었고 (당시엔 정말 그렇게 보였다.) 그 옆에선 손에 초크 가루를 묻힌 다음 박수를 치며 초크 가루를 털어내는 사람이 보였다. 파노라마로 이 광경을 보니 평범한 사람들의 숨겨진 능력을 보여주는 주성치 영화의 오프닝이 떠올랐다. 고수의 향기가 느껴졌다. 그사이 다리를 120도 정도 벌리고 스트레칭을 하며 신문을 보던 아저씨가 나에게 다가왔다.

"아, 형님 따님이시구나. 얘기 들었어요. 이쪽으로 오세요. 암벽화 없죠?"

"네."

"신발 사이즈가 어떻게 돼요?"

"250mm요."

"아, 그럼 이거 신으면 되겠네."

그가 건네준 신발은 240mm짜리 암벽화였다. 난 분명히 250mm라고 했는데… 잘못 들었나?

"선생님, 저 250mm 신는다고 말씀드렸는데… 발이 큰 편이라서요, 이 신발은 안 들어가요."

"아니에요, 그거 맞게 준 거예요. 집어넣으면 다 들어가요."

그는 이 암장의 센터장이자 클라이밍을 가르치는 선생님이었다. 나중에 알게 되었지만, 다른 이들은 그를 'J 싸부' 혹은 '싸부님'이라고 불렀다. 나는 그의 말에 따라 억지로 신발에 발을 욱여넣었다. 심호흡을 하며 뒤축을 당기자 어찌저찌 발은 들어갔으나 발이 아파서 꼼짝할 수가 없었다.

"선생님, 도저히 발을 못 움직이겠는데요?"

"처음엔 다 그래요. 일단 이쪽으로 와보세요."

'원래 그런 것'이 많은 클라이밍의 시작은 수직벽을 오르는 것이었다.

수직벽이란 말 그대로 땅과 수직인 벽, 우리가 건물에서 늘 마주하는 그 벽이다. 이 벽에 자잘한 돌멩이 같은 애들이 붙어 있는데, 이들을 '홀드'라고 불렀다.

"자, 기본자세부터 알려줄게요. 클라이밍의 기본자세는 삼지점을 잡는 겁니다. 홀드를 잡은 손의 양쪽으로 삼각형 모양을 만들며 발을 디뎌요. 이렇게 세 점으로 중심을 잡기 때문에 삼지점이라고 해요. 팔은 쭉 뻗고 몸을 낮춰서 앉으면 됩니다.”

선생님은 홀드를 하나씩 왼쪽으로 옮겨 잡으며 옆으로 이동하는 시범을 보였다. 홀드를 잡은 한 손을 먼저 옮기고, 양발을 차례로 옮기는 식이었다. 똑바른 수직벽에서 돌 잡고 옆으로 가는 게 뭐가 어렵담? 저 정도쯤이지. 나도 예전엔 산에서 날아 다녔다고. 내가 바로 수리산 날다람쥐였다! 후후. 내가 바로 따라 하면 선생님이 깜짝 놀라겠지?

그리고 어떻게 되었냐고요?

아무도 놀라지 않았다. 볼썽사나운 내 모습에 나만 놀랐을 뿐이다.

몸을 고정한 채 팔을 삼각형으로 만드는 것은 흉내 낼 수 있었지만, 삼각형을 유지하면서 옆으로 움직이는 건 쉽지 않았다. 무서울 것 없는데도 손 하나 떼는 게 왜 그리 어려운지. 게다가 어릴 때부터 왼쪽과 오른쪽을 헷갈렸던 나는, 머릿속이 하얘지면서 버퍼링 걸린 동영상처럼 제자리에서 들썩거렸다. 기껏해야 벽에 1분이나 매달려 있었을까? 벽에서 내려오니 손이 후들거렸다.

내려와서 헉헉대고 있으니 선생님이 한마디 했다.

"자, 다른 사람이 하는 동안 밑에서 윗몸일으키기 20개 3세트 하세요."

"네?"

싸부는 어딘가 도인 같았다. 헬스장에서 다이어트를 목적으로 운동을 권하던 사람들과 달랐고, '고객님'의 입맛에 맞추려는 서비스직 노동자의 낮춤도 없었다. 눈을 초롱초롱 빛내며 암장에 들어와 '이 운동 하면 살 빠지나요?'라고 묻는 이들에게 '이걸 해서 살이 빠지는 게 아니라, 이 운동을 하려면 살을 빼야 돼요'라고 말하는 게 왠지 멋있어 보였다. 훈련 방식도 그랬다. 벽에 붙어 있는 시간이 3분이면 30분간 체력 운동을 시켰다. 암장에 들어가자마자 스트레칭 최소 10분, 발차기 양쪽 50회씩 3세트, 버피 15개씩 3세트를 하고 나서야 벽 앞에서 수업을 들었는데, 수업 중에도 벽에서 내려오면 다시 내 순서가 돌아올 때까지 윗몸일으키기나 다른 복근운동을 했다. 가장 힘든 건 버피였다. 서 있다가 엎드려뻗쳐를 하고, 다시 일어난 후 점프하며 손을 쭉 뻗어 만세를 하는 것까지가 하나의 동작이었다. 한 동작은 어렵게 느껴지지 않았는데, 10개만 넘어가도 숨이 꼴딱꼴딱 넘어간다. 클라이밍을 잘하려면 필요 없는 지방을 태워 없애야 한다는 게 싸부의 지론이었다. 워밍업으로 유산소운동과 근력운동을 해야 한다고 했다. 그게 다가 아니었다. 클라이밍 수업이 끝나면 철봉에 가서 매달리기를 해야 비로소 그날의 운동이 끝났다.

"선생님, 전 체력장 때 항상 매달리기가 0초였어요."

자기변명이 많았던 나의 첫 수업 날, 싸부의 대답도 계속 똑같았다.

"네, 원래 그래요. 하다 보면 다 돼요."

나 같은 사람을 수천 명은 겪어본 듯한 그 무덤덤함에 도망갈 구석은 없어 보였다. 나는 의자에 올라가 철봉 위로 얼굴을 내밀고, 양손으로 단단히 봉을 쥐었다. 턱이 봉에 닿으면 안 된다고 했다. 싸부는 숫자 카운트와 함께 의자를 뺐다. 발을 디딜 곳이 사라지자 버틸 힘이 없어 떨어지려는데 밑에서 그가 몸으로 나를 받쳤다.

"3, 4, 5…"

그의 카운트는 계속되었다. 카운트가 늘어날수록 내 몸을 지탱하는 건 내가 아니라 싸부였다. 매달리긴 했지만 사실상 매달리지 못한 기이한 매달리기는 20초

를 채우고 나서야 끝났다. 이 역시 3세트가 기본. 힘이
다 빠진 채 시도한 세 번째 매달리기에선 거의 싸부의
등 위에 앉아 있는 거나 마찬가지였다. 간신히 매달려
있던 철봉에서 내려오자마자 사과부터 했다.

"선생님, 죄송해요."

"미안하면 더 버티면 돼요."

중력을 이렇게 제대로 느껴본 적이 있었나? 중력,
너는 왜 나를 이렇게까지 바닥으로 당기려는 거니. 내
근력으로는 왜 널 이길 수가 없는 거니. 내 몸은 왜 이
렇게 무거운 거니. 내 무게를 나눠 지는 이에게 미안한
마음 덕분에 어깨와 팔 근육은 조금씩 단단해지고 있
었다.

클라이밍은 결국 무게를 줄여야 승산이 있다. 출산
하고 2년, 오히려 임신 막달만큼이나 살이 쪄 있었다.
모유수유를 한다는 이유로 매일 고봉밥을 먹으며 착실
히 위를 키웠고, 단유를 하자마자 커다래진 위에 술이
며 안주를 가득 채운 덕이었다. 살을 빼야 한다는 생각
을 하면서도 아이를 재우고 나서 혼자 홀짝이는 술 한
잔은 참기 어려웠다.

"술 좋아한다 그랬죠? 그럼 일주일에 한 번, 아무

간도 안 한 오징어숙회에 소주 딱 반 병만 마셔요. 그거
보다 더 먹으면 버피 한 세트 더 하고.”

차라리 덜 먹는 게 나았다.

소주 대신 생수, 맥주 대신 보리차를 마셨다. 치킨
이 먹고 싶은 날엔 닭가슴살 샐러드를 먹었다. 몸이 가
벼워지니 암장에서의 실력도 늘어가는 게 확실하게 느
껴졌다. 실력이 는다는 즐거움이 식욕을 이겼다. 꾸준히
한 버피도 효과를 발휘한 덕에 세 달 뒤, 몸무게는 무려
8kg이 줄어들었다. 어렵기만 하던 동작도 조금씩 따라
할 수 있게 되었고, 선생님이 장담했던 대로 매달리기
0초였던 내가 철봉에 매달려 20초를 버티다 내려올 수
있었다.

눈에 보이는 몸의 변화는 내 마음도 바꾸어놓았다.
그때 나는 혼자 파놓은 구덩이로 들어가던 중이었다. 아
이를 돌보는 건 시간이 지나도 늘 어려웠고, 내 자신이
자꾸만 쓸모없게 느껴졌다. 같이 일하던 동료들이 계속
앞으로 나가는 동안, 집에서 아이만 보고 있는 나는 뒷
걸음질만 치는 것 같았다. 아이를 재우고 조용한 집에
가만히 앉아 있으면 나 같은 거 하나 사라져도 누가 알
까 싶었다. 그런데 암장에 다니고, 벽에 몸이 붙기 시작

하니까 몰랐던 감정들이 보였다. 떨어지기 싫었다. 그래서 악착같이 버티고 붙잡았다. 처음엔 전혀 안 되던 동작이 어느 날부터 되기 시작했다. 다시 성장기 청소년이 된 것 같았다. 나도 다시 할 수 있을 거라는 기대감이 생겼다.

모든 힘을 다 써버린 거 같았을 때, 더는 못 하겠다고, 너무 힘들어서 여기까지만 하겠다고 하면 싸부가 꼭 이렇게 덧붙였다.

"진짜 더는 못 할 거 같을 때 있잖아요. 그때 한 번 더 하는 거, 딱 그만큼씩 더 나아지는 거야."

그래, 다시 클라이밍을 할 때였다.

운동 친구

다시 운동을 해야겠다고 마음먹기 전부터, 나의 곁에는 '같이 운동하자'는 말을 달고 사는 이가 하나 있었으니, 바로 나의 오랜 친구이자 연인, 또 함께 아이를 키우는 파트너인 철이다.

철을 처음 만난 건 20여 년 전이었다. 그때 그는 문학사 책에서나 보던 '가난한 지식인' 같았다. 온몸은 빼빼 말라서 금방이라도 쓰러질 듯했고, 광대 아래가 푹 패어 있어서 늘 수심이 가득해 보였다. 1970년대 흑백사진 속 시인처럼 입에는 담배를 물고, 언제고 기침을 해댈 듯한 얼굴이었다. 왜 그런 사람과 만났는지는 이 글에선 다루지 않기로 한다.

그랬던 철이 마흔에 운동을 시작하고 다른 사람이 되었다.

이건 사실 내 덕이다. 클라이밍에 한창 재미를 붙이고 암장에 나간 지 6개월쯤 되었을 때, 갑작스레 취업을 했다. 방영을 앞둔 드라마의 보조작가 자리였다. 이 말은 곧 자기 시간이라고는 전혀 없는, 5분 대기조 생활이 시작된다는 얘기였다. 일주일에 세 번 꼬박꼬박 출석하던 암장에는 점점 얼굴을 비추기도 어려워졌고, 드라마 방영일을 앞두곤 운동뿐만 아니라 다른 모든 일에 여가를 내기 힘들었다. 매일 회의와 대본 수정, 모니터링이 이어졌고, 집에 오자마자 뻗어서 잠드는 게 다였다. 클라이밍으로 다져둔 체력이 없었다면 보조작가로 일했던 1년을 버티기 힘들었을 거다. 이것만 끝나면 다시 운동을 시작해야지. 노트북 앞에 앉아 졸린 눈을 비비며 다짐했었다. 계약이 끝나고, 난 결심한 대로 암장에 가서 망설임 없이 3개월권을 끊었다. 몇 개월 단위로 이용권을 살 수 있는 헬스장, 암장, 수영장의 자유수영에서 공통적인 문제는 자유로움에 있었다. 자유롭게 언제든 이용할 수 있고, 아주 자유롭게 안 나가도 그만인 것이다. 처음 며칠은 의욕이 넘쳤지만 금세 시들해졌다. 예전엔 곧잘 했던 동작들이 다시 안 되는 게 답답했다. 따로 수업을 신청하지 않아 강제로 운동을 시키는 선생님도 없었다. 암장에서도 하는 둥 마는 둥 벽에 몇 번 매달리고는 금세 집에 돌아오기 일쑤였다. 암장과 집의 거리가 먼 것도 이유가 됐다. 헬스장처럼 동네마다 암장이 있는 게 아니어서 집에서 가장 가까운 암장이 버스로 30분 거리였다. 핑곗거리를 만들기는 너무나 쉬웠고, 암장에 나가는 횟수는 점점 줄어들었다. 호기롭게 목돈을 결제한 과거의 나를 원망하며 손톱을 뜯는데, 옆에 있던 사람 하나가 눈에 띄었다. 조금만 움직여도 피곤하다며 쓰러져 자는 사람, 평생을 운동과 거리를 두고 살아온 사람. 저 사람이라면?

"철, 혹시 나 대신 암장 다녀볼 생각 없어?"

"클라이밍?"

"응, 내가 다시 바빠져서 많이 못 나갈 거 같아. 근데 환불은 안 되고 가족한테만 양도할 수 있대."

"그래? 그럼 한번 가볼까?"

별 기대 없이 슬쩍 던진 미끼를 덥석 물길래 나도 더 묻지 않고 냅다 양도 신청을 했다. 나중에 들어보니 당시의 철은 나름의 '마흔치레'를 겪고 있었던 모양이다. 이유 없이 화가 나고 마음이 울적해지곤 했단다. 운동을 하면 기분 전환이 될까 싶어 수락했다는데, 기분뿐만 아니라 인생의 전환점을 바로 내가 넘겨준 셈이다. 철은 그 뒤로 지금껏 쉬지 않고 7년째 클라이밍을 하고 있다. 먼저 운동을 시작한 '선배'인 내가 넘볼 수 없는 그레이드의 벽을 오르는 것은 물론이요, 집에서도 아침저녁으로 스트레칭과 근력운동을 하는 '찐'생활체육인이 되었다.

운동을 하기 전 철은 지금과는 다른 인간이었다. 마른 몸에는 이유가 있었다. 예민한 성정 때문에 조금만 신경 쓰이는 일이 있으면 속이 뒤집어졌다. 먹기만 하면 체하고, 속이 안 좋으면 내내 두통에 시달렸다. 머리가 아파서 그랬는지 찡그린 얼굴을 하고 있을 때도 많았다. 배탈이 잦아서 위장약을 몇 년 동안 장복했는데, 운동을 시작하고 2년쯤 지났을 무렵엔 약을 끊을 수 있게 되었다. 위장약이 있던 선반은 근육생성에 도움이 되는 단백질 보충제나 비타민 병으로 채워졌고, 머리 아프다는 말도 사라졌다. 비쩍 말랐던 몸에는 근육이 붙었고, 어깨도 한결 넓어져 한 치수 큰 옷을 입게 되었다. 사람도 어딘가 달라졌다. 불어난 근육만큼 마음에도 여유가 생긴 듯 보였다. 더 많이 웃고, 덜 곤두서 있었다. 클라이밍이 내장부터 정신까지 새롭게 바꾸어놓은 듯했다.

철은 운동으로 자신의 삶이 바뀌자, 만나는 사람 모두에게 클라이밍을 권했다. 같이 사는 내게는 오죽했을까. 운동하면 좋다는 건 알지만 너무 바쁘다는 내 핑계와, 시간은 어떻게든 만들면 된다는 그의 잔소리가 꽤 오래 평행선을 그리고 있던 중, 이번엔 내가 선수를 쳤다.

"가자, 암장!"

우리는 함께 철이 다니던 암장으로 향했다. 때마침 집 근처에 암장이 새로 문을 열었다. 걸어서 15분, 이 정도면 최고의 조건이었다. 이 암장은 1990년부터 스포츠 클라이밍 선수 생활을 했다는 선생님이 새로 만든 곳으로, 불암산 등산로 입구 근처에 있었다. 원래는 영화 세트장이었던 건물을 빌려 암장을 만들었다고 들었는데, 밖에서 보면 커다란 공장처럼 느껴지기도 했다. 컨테이너 건물 안으로 들어가니 규모가 엄청났다. 100평은 훨씬 넘을 듯한 규모에 벽면 높이는 20m쯤 되는 것 같았다. 가족할인까지 야무지게 받아 등록을 마치고, 암장을 한 바퀴 둘러보았다. 줄을 매달고 올라갈 수 있는 벽과 체험용 벽도 있고, 층고를 나누어 낮은 벽에서 연습할 수 있는 곳도 있었다. 철은 신이 나서 암장 여기저기를 안내해주었다.

"여기 계단 아래는 여자 탈의실이고 복층으로 올라오면 여기가 몸 푸는 곳이야. 여기는 지구력벽인데 스트레칭 하고 나서 여기서 5분쯤 몸 풀면 좋아. 저 아래 보이는 곳은 볼더링벽이고…"

철의 이야기가 괜히 듣기 싫었다. '내가 먼저 시작했는데…' 같은 꽁한 마음이 삐죽 솟았다. 그의 말을 흘려들으며 벽에 있는 홀드를 잡아보았다. 클라이밍을 다시 하는 건 거의 5년 만이다. 몸도 무거워졌고, 배웠던 것들은 까마득하게만 느껴졌다. 1번 홀드를 잡고 시작 자세를 취하니 몸의 기억이 살아났다. 이제 2번, 3번, 하나씩 잡으며 가면 된다. 팔은 쭉 뻗고, 발끝으로 정확히 홀드를 디디고, 배에는 힘을 주고, 엉덩이는 최대한 벽에 붙이면서….

"엉덩이 집어넣어야지."

"나도 알거든!"

"거기선 발을 더 높이 디뎌야지."

"아, 나도 안다고! 아는데 몸이 안 되는 거라고!!"

1번부터 숫자를 따라가며 벽을 이동해야 하는데, 결국 20번까지도 가지 못하고 벽에서 내려왔다. 기본기가 탄탄한 대선배님의 위엄을 뽐내려 했는데 실패다. 그가 한 말이 다 맞다. 선생님의 말이었다면 찍소리 못 하고 잘 들었을 텐데, 이래서 가까운 사람에게는 뭘 배우지 말라고 하나 보다.

서로 각자 운동하자고 합의한 후에 되도록 멀리 떨어졌다. 나도 혼자 낑낑대며 벽을 오르내렸는데, 막상 혼자 운동하려니 심심했다. 암장 저편에 철이 벽에 매달린 모습이 보였다. 그동안 철이 클라이밍을 열심히 하고 있는 줄은 알았지만 그 모습을 직접 본 적은 없었다. 내 삶의 절반을 함께 보낸 사람인데도, 내가 아는 사람이 아닌 듯했다. 그간 본 적 없는 집중력 가득한 표정과 한 번도 그의 것이라 생각해보지 못한 승부욕, 손에 초크 가루를 잔뜩 묻히고 탁탁 털어낼 때 찌푸린 미간과 아무렇지도 않게 홀드에 몸을 던지는 용기가 낯설었다. 벽에서 내려와 사람들 한가운데서 웃으며 이야기를 나누는 철은 정말 딴사람 같았다. 대체 무엇이 그를 달라지게 했을까? 겨우 운동이?

집에 돌아오는 길엔 조금 샘이 나서 계속 뾰로통해

있었다. 내가 더 잘해서 역전해야지. 그런 허황된 생각을 하며 걷는데 철이 슬쩍 손을 잡는다.

"같이 운동하니까 좋다."

"…뭐래."

《동백꽃》의 점순이처럼 툴툴거리며 은근히 발을 맞춰 걸어보았다.

'장비빨'이면 어때

　암장에 등록하고 며칠 뒤, 아버지에게서 연락이 왔다. 아버지는 10년 넘게 암장과 산을 오가며 암벽을 타는 산악인으로 살고 있다. 아버지가 아닌 산악인으로서 한동안 운동을 접었던 큰딸이 돌아온 게 퍽 반가웠던 모양이다.

　"다시 암장 나간다며?"

　"응. 근데 예전에 배운 것도 다 잊어버린 거 같아. 맘처럼 안 되네."

　"내가 암벽화 하나 사줄까?"

　오호, 이게 웬 떡이람!

　높은 곳을 오르는 게 아니라면, 실내 클라이밍은 별

다른 장비 없이도 시작할 수 있는 맨몸운동에 가깝다. 하지만 딱 하나 꼭 마련해야 하는 장비가 암벽화다.

친구들에게 클라이밍을 추천하면 "나는 팔에 힘이 없어서 못 해"라는 답이 돌아오곤 하는데, 클라이밍은 팔보다는 하체를 잘 써야 하는 운동이다. 팔에 힘이 있으면 시작할 때 수월할 수는 있다. 힘 좋은 남자들은 자세가 불안정해도 힘만으로 벽을 오르기도 하지만 그것만으로는 기초 단계를 넘어가기 어렵다. 몸의 중심을 이동하고, 제대로 힘을 쓰는 데 중요한 건 발이다. 클라이밍에서는 정확한 자리에 발을 딛고 힘을 실어주는 걸 '발을 쓴다'고 표현한다. 하체 근육은 매일같이 우리 몸을 중력 반대 방향으로 움직이는 반복훈련을 하고 있어서 몸에서 제일 힘센 근육이고, 하체의 힘을 제대로 쓸 수 있게 도와주는 장비가 바로 암벽화다. 암벽화는 발끝이 좁고 딱딱해서 힘을 분산하지 않고 한곳에 쓸 수 있게 해준다.

하지만 암벽화를 신는 건 클라이밍에서 첫 번째 도전 과제였다. 신발 신는 게 왜 도전씩이냐고? 앞서 암장에 처음 갔을 때의 경험에서 고백했듯이 250mm를 신는 사람에게 240mm를 권하고, 240mm를 신고도 아파하지 않으면 235mm를 권할 정도로 작은 사이즈를 신기 때문이다. 요즘엔 암장에서도 처음부터 작은 사이즈의 암벽화를 권하지는 않는다고 한다. 하루 체험을 하러 오는 사람도 많고, 통증을 참아가면서까지 할 필요는 없으니까. 대부분 클라이밍을 꾸준히 하다가 욕심이 나면 스스로 점점 작은 사이즈의 암벽화를 고르게 되는 것 같다. 철은 평소에 260mm 운동화를 신는데, 가지고 있는 암벽화 중엔 240mm 사이즈도 있다. 발을 조일 정도로 꽉 맞아야 아주 작은 포인트에도 발을 디딜 수 있다나. 그렇게 산 암벽화를 자기 발 모양에 맞게 늘린다고 샤워를 할 때도 암벽화를 신을 정도였으니, 무언가에 진심이 된다는 건 무서운 일이다.

세상엔 암벽화라는 게 있는지조차 모르는 사람이 훨씬 많겠지만, 암벽화의 세상도 꽤 방대하다. 문외한인 내 눈엔 다 똑같아 보여도, 아는 사람의 눈에는 디자인도 성능도 가죽의 질과 마감의 모양도 다 다른가 보다. 어떤 암벽화는 좁은 바위틈을 오를 때 유리하고, 어떤 암벽화는 토훅이나 힐훅[1]을 걸 때 유리하고…. 내 암벽

---

1 토훅(toe hook)과 힐훅(heel hook): 토훅은 발끝을, 힐훅은 발뒤꿈치를 사용해 홀드를 딛는 기술이다. 발로 몸을 당기거나 체중을 분산한다. 몸이 돌

화는 첫 암장에서 5만 원 주고 산 중고 신발이었다. 나름 정도 들었지만, 낡긴 낡았다. 새 신을 사준다는 얘기를 듣고 나서 보니까 색이 더 바랜 것 같기도 하고, 군데군데 가죽이 해진 부분이 눈에 띄었다. 암장에서 운동하는 사람들을 힐끔거리며 암벽화 브랜드를 살폈다. 비싼 암벽화를 신은 사람이 어쩐지 실력도 좋아 보였다. 내 실력이 확 늘지 않는 건 암벽화 때문인지도 모른다는 허황된 생각을 하며 나는 아버지를 따라 종로5가로 향했다.

요즘은 인터넷쇼핑으로도 암벽화를 손쉽게 살 수 있지만, 여전히 종로5가 근처 등산용품 매장을 찾는 사람이 많다. 암벽화를 신어보고 살 수 있는 곳은 몇 군데 안 되기 때문이다. 종로5가역에 내려 청계천 방향 골목에 들어서면 등산용품 매장이 줄지어 나타난다. 1970년대에 문을 연 가게도 있다고 하는데, 철물점과 수건 가게, 각종 판촉물 가게들 사이에 자리한 등산용품 매장은 조금 뜬금없게 느껴졌다.

"여기가 원래 우이동 북한산으로 가는 버스가 출발하는 데였거든. 그래서 이 길에 등산복 매장부터 전문

아가는 것을 방지할 때도 사용한다.

장비점까지 쫙 있었지. 여기는 30년 된 집이고, 저기는 2대째 운영하는 집이고…"

한번 시작되면 잘 끝나지 않는 아버지의 긴 설명을 들으며 그의 단골 매장으로 향했다. 클라이머들이 주로 찾는 매장은 몇 개 정해져 있는 듯했다. 밖에서 보기엔 매장이 아주 작아 보였는데, 매장 안에는 암벽화뿐만 아니라 등산복과 등산 가방, 로프, 자일 하네스, 초크백 등 다양한 암벽등반 용품이 진열되어 있었다. 형광색으로 화려하게 빛나는 의상과 소품들이 여기저기서 눈에 띄었다. 내 발로 등산용품 매장에 찾아오게 될 줄 20대의 나는 몰랐겠지? 미리 검색해두었던 브랜드의 암벽화도 찾아보고, 사장님께 추천도 받았다. 발이 덜 아프면 좋겠다고 말씀드리니 탄성이 좋고 부드러운 암벽화들을 보여주셨다. 막상 신어봐도 당장은 모르겠어서 귀여운 도마뱀이 그려져 있고, 하늘색 포인트가 있는 걸로 골랐다. 선물 받는 거니까 가격은 묻지도 않았는데, 계산할 때 보니 내가 신고 간 운동화의 두 배 가격이었다. 절로 두 손이 모아졌다. 고맙습니다. 암벽화가 구멍이 날 때까지 잘 쓰겠습니다. 큰딸이 암벽 천재가 한번 되어볼게요.

암벽화 쇼핑을 마치고 광장시장에서 빈대떡에 막걸

리를 마셨다. 장비도 얻고, 술도 얻어먹는 뻔뻔한 딸내미와 함께 아버지도 나도 알딸딸하게 취했다. 아버지는 다정한 표현 같은 건 할 줄 몰랐지만, 맛있는 안주와 그에 어울리는 술을 내게 가르쳐준 사람이다. 입맛도 성질머리도 똑 닮은 부녀이기에 그만큼 많이 부딪히기도 했는데, 이젠 둘 다 성질이 많이 죽어서 제법 장단이 잘 맞는 술친구가 된 것 같다. 물론 내가 술값을 낸 적은 별로 없지만…. 나는 새 암벽화를 안아 들고, 금세 실력을 올려 아버지를 따라잡겠다는 호언장담을 했다.

암벽화는 발에 딱 맞게 신어야 해서 맨발로 신는 경우가 많다. 그러다 보니 아무리 좋은 암벽화라도 신다 보면 고린내를 풍긴다. 암벽화를 신을 때마다 발에 양말 대신 일회용 비닐을 씌우고 암벽화에 냄새가 배지 않게 관리하는 사람들도 있다지만, 게으름뱅이인 나에겐 무리다. 암벽화를 벗을 때마다 풍기는 그 향기에 그저 익숙해지고 말겠지. 새끼손가락만큼 기다란 나의 둘째발가락도 암벽화에 맞게 잔뜩 구겨지고 발가락 마디마디에는 굳은살이 박일 거다. 암벽화가 늘어나는 게 아니라 내 발 모양이 암벽화에 맞춰진다는 걸 알면서도 제 발로 고생스런 미래를 향해 간다.

정답이 있다면

반짝거리는 새 암벽화 덕분에 암장에 나가는 즐거움이 늘었다. 일주일에 최소 두 번은 나가는 걸로 목표를 세우고, 여력이 될 땐 한두 번 더 나간다. 암장에 가면 못해도 3시간은 있게 돼서 퇴근하고 가기가 쉽지 않았는데, 발에 암벽화를 적응시켜야 한다는 책임감이 먹혔다. 물론 3시간 내내 벽에 매달려 있는 건 아니다. 가자마자 20여 분은 스트레칭이나 맨몸운동을 하며 몸을 풀고, 벽에 한 번 매달렸다가 내려오면 앉아서 쉬는 시간도 좀 있다. 시간만 맞으면 그룹 수업을 듣고 싶었는데, 퇴근 시간이 들쭉날쭉해서 신청하지 못한 게 아쉬웠다. 나도 '볼더링'을 배우고 싶었기 때문이다.

클라이밍은 크게 리드 클라이밍과 볼더링으로 나뉜다. 리드 클라이밍은 많은 사람이 '클라이밍' 하면 떠올리는 장면으로, 안전줄을 몸에 매고 높은 곳에 오르는 등반이다. 볼더링은 비교적 낮은 구간에서 안전줄 없이 벽을 오르며 홀드 12개 이하로 만들어진 짧은 문제를 푸는 종목이다. 예전에 다녔던 암장은 리드 클라이밍을 하기 위해 실내에서 지구력 중심의 훈련을 하는 게 목표였기 때문에 벽에 붙은 홀드가 바뀌는 일이 많지 않았다. 홀드 크기도 비슷하고, 모양만 조금씩 달라서 홀드가 얼마나 잡기 어려운지, 벽이 얼마나 기울어졌는지에 따라 난도가 올라가곤 했다. 오랫동안 벽에 붙어 있는 걸 목표로 연습했기 때문에 홀드마다 붙어 있는 번호 순서대로 따라가는 게 규칙이었다. 1번부터 30번까지 가야 했는데, 끝까지 갈 수 있게 되면 번호를 역순으로 넘어오며 지구력을 기르는 훈련을 했다. 지금 다니는 암장에선 내게 익숙한 지구력벽은 한 군데뿐, 그것도 몸풀기용으로 마련해둔 벽뿐이었다.

이 암장의 메인 스테이지는 '볼더링'벽. 색깔이 비슷한 홀드가 군데군데 모여 있기는 했지만, 홀드 크기와 색상이 그야말로 제각각이었다. 사람 몸통만큼 커다랗게 보이는 홀드도 있고, 손가락 한 마디쯤 되어 보이는 작은 홀드도 있었다. 지구력벽처럼 홀드에 번호표는 붙어 있지 않았다. 대신 색색깔 스티커가 붙어 있었다. 나는 눈으로만 봐선 어떻게 해야 할지 전혀 모르겠던데, 다들 알아서 척척 매달린다. 이럴 땐 살가운 성격을 가진 사람들이 부럽다. 슬그머니 끼어들어 가르쳐달라고 해도 될 텐데, 소심한 나는 멀리서 부러워하는 눈빛만 보내다 결국 지구력벽만 한 바퀴 더 돌고 돌아오기 일쑤였다. 결국 자존심을 내려놓고 철에게 물어보기로 했다.

"여기 테이프가 두 줄 있는 건, 이 홀드에서 문제를 시작하란 뜻이야. 스타트 홀드, 아니면 시작 홀드라고 불러. 저 위에 보면 시작 부분에 있는 거랑 같은 색 테이프로 'ㄴ'자를 만들어놓은 거 보이지? 저기까지 가는 게 이 문제를 푸는 방법이야. 저 끝을 톱 홀드라고 하고, 저기까지 가서 양손을 대고 3초간 버티면 완등이야."

"그럼 그 사이엔 아무거나 잡고 가도 되는 거야?"

"그 사이엔 같은 색 홀드만 잡을 수 있고, 발로도 같은 색 홀드만 디뎌야 해."

철은 볼더링에 재미를 붙이는 중이라고 했다. 잡을

수 있는 홀드, 발을 디딜 수 있는 홀드가 정해져 있어 그 안에서 자신만의 움직임을 찾는 게 즐겁다고 했다. 똑같은 문제라도 사람마다 움직이는 방법이 달라서 다른 사람들이 문제 푸는 걸 구경하는 재미도 있다고 덧붙였다. 붙어 있는 테이프의 색상에 따라 난이도가 달라 저마다 레벨에 맞는 색 테이프를 찾아 문제를 푼다. 벽 아래에선 사람들이 허공에 이리저리 손을 휘저으며 어떤 움직임으로 톱 홀드를 잡을지 시뮬레이션을 해보고 있었다.

'지구력벽처럼 붙어 있는 번호를 따라 끝까지 갔을 때 성취감이 더 크지 않을까? 겨우 홀드 네댓 개를 잡는 게 정말 재밌다고?'

솔직히 좀 의아했다. 힘들어 보이지 않았고, 운동이 될 것 같지도 않았다. 게다가 같은 문제를 푸는 사람이 많다 보니 아래에서 서로 어떻게 올라가는지 지켜본다. 나 같은 '쪼렙'에게 누가 관심을 갖겠냐마는, 엉망진창인 내 모습을 누가 뒤에서 본다는 것만으로도 쑥스러웠다. 나는 계속 지구력벽을 왕복하며 볼더링벽이 한산해지기를 기다렸다. 1번에서 30번까지 갔다가 다시 번호를 거꾸로 잡아 1번으로 돌아올 수 있을 만큼 지구력이 생겼을 무렵, 기회가 왔다.

평일 휴가를 내고 아침 일찍 암장에 들렀다. 사람이 한 명도 없었다. 아무도 없는 벽 앞에서 홀드를 한참 바라보았다. 스타트 홀드를 잡고 시작해서, 그다음 파란색, 그다음 파란색… 이렇게 가면 되는 거겠지? 겨우 다섯 개, 금방 할 수 있을 줄 알았는데 막상 벽에 몸을 붙여보니 쉽지 않았다. 쉬워 보여도, 말로는 얼마든지 품평할 수 있어도 직접 해봐야 아는 것들이 있다. 클라이밍도 머릿속으로 백 번 생각하는 것보다 한 번이라도 더 몸을 움직이는 게 낫다. 익숙해지려면 어쩔 수 없다. 떨어져도 또 붙는 수밖에.

'오른손으로 홀드를 잡고, 그다음에 몸을 틀어서…!'

'왼발에 체중을 실은 다음에 손을 최대한 뻗어서…!'

한 문제를 푸는 동안 다섯 번이나 떨어졌다. 될 듯하면서 안 되니 감질이 났고, 요것만 하고 가고 싶다는 아쉬움 같은 게 추락할 때마다 하나씩 불어났다. 손 위치와 몸의 무게중심을 바꾸어보고, 예전에 배웠던 아웃사이드 스텝을 떠올려 발을 딛기도 했다. 그리고 마침내 톱 홀드를 잡았고 마지막 합손까지 해냈다.

'하나, 둘, 셋… 완등이다!'

마음속으로 3초를 세고 떨어졌다. 축하해주는 이 아무도 없는 텅 빈 암장에서 내적 댄스를 마구 추었다. 나도 모르게 배시시 웃음이 났다. 돌덩이 몇 개 잡은 걸로 이런 성취감을 얻을 수 있다니, 이 운동 마음에 드는걸?

매트에 앉아 숨을 몰아쉬었다. 거친 호흡이 정리되고 나서 다시 빈 벽을 바라보았다. 이제 보인다. 어지러운 미로처럼 얽혀 있던 벽 대신, 뚜렷한 길이 나 있는 정답지가. 생각해보면 클라이밍을 처음 했을 때의 즐거움도 그런 거였다. 1번 다음에 2번이 있다는 명확함, 정해진 번호를 따라 순서대로 가기만 하면 목표를 달성할 수 있다는 단순함이 좋았다. 종일 사무실에 앉아서 보이지 않는 결과물을 향해 내달릴 때와는 완전히 다른 감각이었다. 다음 번호 말고는 다른 걸 생각하지 않아도 된다는 게 머리를 개운하게 만들어주곤 했다. 볼더링은 각 구간이 짧아 가성비가 높았다. 긴 호흡으로 똑같은 벽에 다시 붙는 것보다 빨리 한 문제를 끝내고 새 문제를 찾을 수 있다는 게 금세 싫증을 내는 내 성격에도 잘 맞았다. 이 벽 앞에 모여 문제를 푼 사람을 축하해주고 박수 쳐주던 사람들이 떠올랐다. 다른 이의 움직임을 보며 힌트를 얻기도 하고, 자신이 하지 못하는 움직임에 감탄하기도 했을 것이다. 같은 문제를 푸는 사람들만 아는 맛, 그래서 모르는 사이인데도 서로를 응원해줬구나 싶었다.

어린 시절 피아노 학원에서 포도송이 밑그림을 까맣게 칠했던 나날이 기억난다. 그땐 한 번 연습하고 포도알 두 개를 칠하면서 가슴을 졸였지만, 이제 나는 어른이다. 포도송이를 얼마나 색칠했는지 검사해줄 선생님도 없는데 스스로 포도를 그리는 어른. 소소한 목표를 세우고, 작은 성취를 붙잡고 살아야 하는 어른. 운동을 하다 말고 인생에도 정답이 있었으면 한다고, 홀드를 놓치고 떨어져도 받아줄 푹신한 매트가 있는 것처럼 정답지 없는 삶도 조금 푹신하면 좋겠다는 소원을 비는 어른. 쉬운 문제 하나 겨우 풀어놓고 이렇게 구구절절 삶의 깨달음을 늘어놓는 어른이기도 하다.

턱걸이 한 개의 꿈

암장에 들어설 때마다 내 눈을 사로잡는 움직임이 있다. '후, 하, 후, 하' 호흡과 함께 오르락내리락하는 모습, 바로 풀업바에 매달려 턱걸이를 하는 사람들이다. 해보기 전에는 어찌나 쉬워 보이는지…. 그들은 아무렇지도 않게 몸을 쓱 들어 올리고, 짧은 호흡을 내뱉으며 턱걸이 개수를 센다. 몸을 잡아당기는 중력이 작용하지 않는 듯 그들의 몸은 가벼워 보인다. 풀업바 앞에 아무도 없으면 나도 은근슬쩍 그 앞에 서본다. 팔을 쭉 뻗어 바를 잡고, 죽지뼈를 모으듯 어깨를 펼치며 몸을 들어 올린… 들어 올리인… 들어 올리인다아아아아!

아니, 들어 올릴 수가 없다. 팔꿈치를 구부리고 발

끝을 바닥에서 떼려고 아무리 애를 써봐도 내 몸은 꿈쩍도 하지 않는다. 하는 수 없이 철봉에 고무 밴드를 매단다. 탄성이 좋은 고무 밴드에 발을 끼워 넣은 다음에야 간신히 턱걸이를 할 수 있었다. 하나, 둘, 세엣… 네에엣… 이것도 쉽지는 않다.

별로 힘들이지 않고 턱걸이를 하는 남자들이 부럽다. 철은 손가락 훈련을 한다며 철봉에 손가락 세 개만 걸고 턱걸이 연습을 하고, 심지어 우리 집 열 살짜리 꼬맹이 강이도 풀업바에 매달려서 제 몸을 너끈히 들어 올린다.

올해 내 목표는 턱걸이 한 개다. 목표 달성을 위해 집에 풀업바도 설치했다. 침실 방문에 달아놓으니 지날 때마다 한 번씩 매달릴 수 있어서 좋다. 기본은 하루 30초간 3세트 매달리기. 올라갈 땐 빠르게, 내려올 땐 천천히, 팔로 버티려 하지 말고 광배근을 사용해서… 매달리기 할 때 잊지 말아야 할 유의 사항들을 입으로 중얼거리며 타이머의 알람이 울리기만을 기다린다. 할수록 조금씩 버티는 시간이 늘어난다. 열심히 매달렸던 날이면 이튿날 몸 여기저기가 욱신욱신하다. 그 덕분에 존재조차 몰랐던 이두와 삼두, 광배근이 내 몸 어디쯤 붙었는지 알게 되었다.

　멀리 떨어져 사는 동생과 메신저로 이야기를 나누다가 턱걸이를 목표로 운동에 매진하고 있다는 말을 전했다. 턱걸이 하나 하기가 왜 이리 힘든지 모르겠다고 푸념했더니, 동생은 어린 시절 내가 늘 어딘가에 매달려 있었던 것 같다고 했다. 어릴 적 우리는 동네 골목을 누비고 다니던 천둥벌거숭이들이었다. 나무나 담벼락에 오르기 일쑤였고, 운동장에서는 구름다리나 정글짐에 올라가 내려올 줄 몰랐다. 철봉에 다리 걸고 거꾸로 매달려 재주를 부리던 게 엊그제 같은데 이젠 철봉에 매달리는 것도 버겁다. 무거워진 몸과 노화에 대해 동생과 한바탕 수다를 떨고 나니, 그 시절 사건 하나가 떠올랐다.

　초등학교 2학년 때의 일이다. 당시 우리 집은 다세대주택 2층에 있었는데, 두 칸짜리 방이 무색할 정도로 동네 친구들이 몰려와서 노는 놀이터였다. 항상 바빴던 부모님 덕분에 집은 거의 매일 비어 있었고, 집을 마음껏 어질러도 매질을 당하지 않는 집이라 남자애들도 여자애들도 우리 집에 놀러와 많은 호기심을 해결했다. 주방을 뒤집어엎으며 화학 실험을 하고, 2층에서 달걀을

밖으로 떨어뜨리며 물리 실험을 했다. 재개발을 앞둔 동네라 집 근처 골목에는 빈집과 공터가 많았고, 우리는 놀이터를 넓혀가며 각종 탐험을 이어나갔다.

우리가 주로 하던 놀이는 내기와 시합이었다. 한 해 전에 지나갔던 올림픽 열풍에 힘입어 우리가 하는 모든 시합이 국제경기라도 되는 양 눈에 불을 켜고 달려들었지만, 실제로는 공터를 향해 돌멩이를 누가 더 멀리 던지는지, 아니면 누가 더 멀리 침을 뱉었는지, 누구의 오줌발이 더 센지 같은 하찮은 것들뿐이었다.

공터에서 뛰어놀던 것도 지쳤던 어느 날이었다. 친구들은 여느 때처럼 우리 집에 모여 뒹굴거리고 있었다. 안방 창문에 걸터앉아 있던 한 친구가 말했다.

"야, 저기 1층에 빨랫줄 걸려 있는데 발 뻗어서 닿는 사람이 이기는 거 어떠냐?

"말도 안 돼. 어떻게 저기에 발이 닿냐?"

"너 쫄려서 그러지? 그럼 포기하시든가?"

"뭐래. 아니거든!"

아이들 특유의 유치한 대화가 오간 끝에 나를 포함해 4명이 참가를 선언했다. 나를 빼면 모두 남자아이였다. 나머지 애들은 채점을 맡았다. 선수로 출전한 우리는 몸을 집 밖으로 내밀어 창틀 바깥으로 다리를 뻗었다. 처음엔 창틀에 배를 걸고 다리를 아래로 뻗어보았고, 그래도 닿지 않자 어깨를 창틀에 건 채 다리를 길게 뻗었다. 지금 생각하면, 초등학교 2학년 아이들의 자그마한 키로 2층에서 1층 빨랫줄에 발이 닿는다는 게 말도 안 되는 일이지만, 그때의 우리는 너무나 단순했다. 창문으로 내려다보이는 빨랫줄은 가까워 보였고, 발을 뻗으면 닿을 줄만 알았다. 다리를 허공에 이리저리 휘저어도 빨랫줄에 닿지 않자 한 녀석이 창틀에 걸었던 어깨를 빼서 팔을 쭉 폈다.

"야, 될 거 같애!"

그 녀석의 말에 모두 팔을 쭉 뻗어 최대한 다리를 아래로 내렸다. 다급한 마음에 나도 창틀을 손에 꼭 붙들고 몸을 있는 힘껏 펴보았다.

"뭐야, 이렇게 해도 안 닿네. 보기보다 머네."

녀석들은 당연한 말을 지껄이며 하나둘 몸을 일으켜 창틀 위, 우리 집으로 복귀했다. 그런데 나는 아무리 힘을 써도 쭉 뻗어버린 팔을 구부릴 수 없었다. 다른 애들은 아무렇지도 않게, '으쌰' 하고 용쓰는 소리 한 번 내더니 창틀을 넘어갔는데, 나는 그 애들처럼 되지 않았다. 얼굴이 시뻘게지도록 힘을 주어봤지만 내 몸은 창틀에 매달린 그대로였다.

"어어…"

옴짝달싹 못 하는 나를 보고, 아이들은 두려움에 빠졌다. 우리 집에는 어른이 없었다. 고만고만한 꼬맹이들은 겁에 질린 얼굴로 나를 마주했고, 두려움 가득한 눈으로 나를 바라보던 동생은 기어코 울음을 터뜨렸다.

"울 언니 죽어! 엉엉!"

동생의 울음에 몇몇 친구가 용기를 냈다.

"얘를 끌어 올려보자, 우리가 힘을 합치면 되지 않을까?"

한 친구가 손을 내밀었다. 내 손에 그 아이의 손이 닿았을 때, 나에게선 사자후가 뿜어져 나왔다.

"하지 마!!!!"

나도 너무나 무서웠던 것이다. 창틀을 간신히 붙들고 있는 그 손을 떼면 그대로 떨어질 것만 같았다. 잔뜩 겁에 질린 아이들이 나를 제대로 끌어 올릴 리 만무했다. 고개를 쳐들고 애들을 볼 힘조차 빠져갈 때 아이들의 불안도 천장을 뚫고 나갔다.

"내가 옆집 가서 어른 불러올게!"

한 명이 외치자 모두가 우르르 가버렸다.

"야!"

허공에 외쳐봤지만 대답은 돌아오지 않았다. 한 명만 남아 있지…. 눈앞엔 아무도 없었다. 그동안 잘못했던 온갖 일과 열 살 안 된 인생의 후회가 머릿속을 스쳐 지났다. '이번만 살려주신다면 정말 착하게 살겠습니다' 하는 기도가 절로 나왔다. 눈물과 콧물을 주룩주룩 흘리며 젖 먹던 힘까지 내서 매달려 있던 나는, 결국 힘이 다 빠져서 아래로 떨어졌다. 떨어지면서 우리가 그토록 닿고 싶어 했던 빨랫줄에 한 번 걸린 덕분에 바닥에 바로 떨어지는 충격은 면했다. 그 순간 옆집 아주머니가 아이들과 함께 뛰어 들어왔다. 빨랫줄에 걸린 덕인지, '기도빨'인지 나는 큰 부상 없이 찰과상만 입었지만, 그 후로 우리 집 창문은 아이들 출입 금지 구역이 되었다.

그날을 떠올리면 몇 가지 기억은 희미하다. 땅으로 떨어지던 순간 내가 빨랫줄을 움켜쥐고 멋지게 착지했던 것 같기도 하고, 옆집 아주머니의 얼굴이 고모의 얼굴로 기억나기도 한다. 하지만 바뀌지 않고 너무나 선명하게 기억나는 하나가 있다. 내가 남자애들과 달리 내 몸을 올리지 못했다는 사실, 있는 힘을 다해도 창틀을 넘어갈 수 없었다는 사실이었다. 그 뒤로도 나는 철봉에 매달리기를 즐기는 어린이로 지냈고 왈가닥 소리를 제법 들었지만, 마음 한쪽에는 선 하나가 그어져 있었다. 턱걸이는, 혹은 힘쓰는 일은 내가 할 수 없다는 체념의 선. 별것도 아닌 그 선이 나를 꽤 오랫동안 주춤하게 했다. 이제 와 턱걸이 한 개 한다고 내 삶에 스펙터클한 변화가 생기진 않겠지. 하지만 그 선을 넘어버린다면 꽤 통쾌할 듯하다.

그래서 언젠가 내가 턱걸이 한 개를 가볍게 하는 날이 온다면, 창틀에 매달려 있던 나에게 보여주고 싶다. 나도 이렇게 붙들고 올라갈 수 있다고.

몸치의 고백

"저 클라이밍 해요."

이렇게 말하고 나면 상대의 눈빛이 달라질 때가 많다. 보통 다음 나오는 말은 이런 거다.

"운동 잘하시나 봐요."

"아니에요. 잘하지는 못하는데 그냥 해요."

"에이, 보니까 잘하실 거 같은데요?"

이럴 때마다 나는 울고 싶어진다. 못하는 것도 서러운데, 내가 진짜 못한다고 자꾸 설명해야 하는 상황. 물론 내가 하는 걸 한번 보면 알 테지만, 그렇게 알아챈 다음 '아… 그랬구나' 해도 슬프긴 마찬가지다.

운동 잘하게 생겼다는 말을 종종 듣는다. 키가

169cm로 동년배 중에선 제법 큰 편이고, 다리가 곧아서 체육복을 입혀놓으면 그럴듯해 보인다. 짧은 커트 머리도 체육인 인상을 주는 데 한몫하는 듯하고. 하지만 내가 진짜 몸을 움직이는 순간 시선은 곧 바뀐다. 어기적거리는 걸음걸이, 팔자로 털럭거리는 다리와 걸을 때조차 몸 옆에 딱 붙어 앞뒤로 흔들리지도 않는 팔, 어떻게든 근육과 코어를 쓰지 않겠다는 각오로 움직이는 듯한 흐느적거림.

성인이 되고 나서 각종 운동을 작심삼일만 다니던 시절, 내가 가장 많이 마주한 표정이 바로 이거다. '어? 저 하드웨어를 왜 저렇게밖에 못 쓰지?' 하는 그 시선. 잔뜩 기대했다가 금세 수심이 어리던 선생님들의 얼굴. 이게 왜 안 되는지 몰라서 내게 설명을 해줄 수 없었던 그 표정들.

그렇다. 운동 에세이를 쓰고 있는 나는, 부끄럽게도 몸치다.

처음부터 몸을 쓰는 게 엉망은 아니었다. 학교 들어가기 전엔 남자애들과 주로 어울리며 축구 경기를 하기도 했고, 한때 유행했던 롤러스케이트도 잘 탔다. 중학교 입학할 무렵 139cm였던 키가 갑자기 커져서 졸업할 땐 지금 키와 엇비슷해졌다. 스펙터클한 꿈을 꾼 날이면, 아침에 세수할 때 세면대가 쑥 내려가 있었다. 무릎이 아프고 허리가 욱신거릴 정도로 쑥쑥 자랐다. 다리가 길어진 덕인지 달리기 기록도 빨라져 계주 선수로 뽑히기도 했다. 내 속도를 제어하지 못해서 넘어진 적은 있었지만, 몸치까지는 아니었다.

내가 다녔던 중학교는 남녀공학이긴 해도 여자 반, 남자 반으로 나뉘어져 있었다. 그날은 체육 시간이 겹쳐 남자애들과 운동장을 같이 썼다. 100m 달리기 기록을 재는 날이었다. 세 명이 한 조가 되어 운동장을 가로질러 달렸다. 나와 같은 조였던 애들이 모두 발이 빨라, 같이 뛰다 보면 내 기록도 더 좋아질 거라 기대했다.

탕. 출발을 알리는 총소리와 함께 나도 있는 힘껏 내달렸다. 하지만 나보다 빠를 것 같았던 친구들은 좀처럼 치고 나오지 않았다. 가장 먼저 결승점을 통과한 내 기록도 썩 좋지는 않았다.

"너네 뭐야. 왜 제대로 안 뛰었어? 이거 성적에도 들어가는 건데."

"저기 있는 남자애들이 우리 보고 뭐라고 하잖아."

운동장 한쪽 그늘에선 다른 반 남자애들이 순서를

기다리며 앉아 있었다. 그제야 내 귀에도 그 소리가 들렸다. 우리 몸에 대해 이러쿵저러쿵 떠드는 소리가.

"가슴 흔들리면 쟤네가 웃는단 말이야."

한번 들리기 시작한 소리는 사라지지 않았다. 내 몸이 다른 사람 눈에 어떻게 보이는지, 남자들이 그걸 어떻게 평가하는지 신경 쓰였다. 나는 가슴도 작고 초경도 늦은 편이었다. 짧은 머리에 팔자걸음으로 달리던 여자애였다. 남자애들의 시선이 불편했고, 내가 그들에게 여자로 보이지 않을지도 모른다는 두려움도 있었다. 실체를 알 수 없는 두려움이 내 몸에 달라붙었고, 나도 모르게 내 움직임을 검열했다. 가슴이 도드라져 보이는 게 싫어서 등을 구부리고 반소매를 입고는 손을 위로 올리지 않게 되었다. 학년이 올라가면서 체육 시간은 점점 자습 시간으로 바뀌었고, 숨차게 뛸 일도, 마음껏 몸을 움직일 만한 일도 없었다. 몸에도 기름칠을 해주어야 한다는 사실은 몸이 굳어버리고 나서야 깨달았다.

그렇게 몸을 쓸 줄 모르는 어른이 되고 나서야 몸을 쓰고 싶어졌다. 내 마음대로 안 되는 몸뚱아리를 붙잡고 이리저리 굴려보며 말이다. 다행히 멋진 여성 운동인이 많아 보고 배울 곳이 천지다. 그들의 에세이를 읽고, 유튜브 영상을 보며 동작을 따라 하기도 한다. 몇 년 전, 타고난 운동인인 개그우먼 김민경의 웹예능 운동종목 뽀개기 〈시켜서 한다! 오늘부터 운동뚱〉을 챙겨 보는 걸 시작으로, 여자 배구선수들의 도쿄올림픽 경기, 축구 예능 〈골 때리는 그녀들〉까지 볼 때마다 빠져드는 콘텐츠도 여럿이다. 요즘에 가장 열심히 보는 건 〈골 때리는 그녀들〉인데, 시즌을 거듭할수록 등장인물들의 각오가 대단해서 보는 즐거움이 더 커졌다. 드리블도 어려워하던 이들이 중거리슛을 날리고, 정확한 패스로 공을 넘겨줄 때마다 내가 더 흥분해서 난리다. 하지만 이런 순간도 있다.

"아, 거기선 치고 나왔어야지! 집중을 못 하네."

"집중하고 있는 거거든!"

옆에서 함께 보던 철이 실수한 선수에 대해 불만을 터뜨릴 때, 나한테 하는 얘기가 아닌 줄 알면서도 나는 그 선수가 되어 변명하기 바빴다. TV 화면 속 그녀들이 주저하고, 망설이고, 멈칫거리는 그 순간의 마음을 꼭 알 것만 같았다. 내가 그랬으니까. 내 모습이 어떻게 보일지 끊임없이 평가하고 재단했던 날들, 누구보다 내게 가혹했던 건 나였다. '정신이 육체를 지배한다!'는 모델팀 구척장신의 슬로건을 들을 때마다 나도 모르게 자세를 고쳐 앉는다. 정신력이 대단하다는 말에 고취되는 건 아니다. 그보단 경기에 집중하는 그들의 모습이 부러웠다. 경기 안으로 깊숙이 들어간 그들에겐 '다른 사람이 보는 나'를 신경 쓸 겨를도 없을 정도로 '경기를 뛰는 나'만 존재하는 것처럼 보여서였다.

열심히 하는 것처럼 보이는 것조차 부끄러워서 쿨한 척 지레 포기하던 과거의 나에게, 다른 사람들의 시선을 신경 쓰느라 정작 내 몸을 제대로 쓰지 못했던 나에게 저 멋진 여성들을 소개해주고 싶다. 여성스럽다는 말에 갇히지 않고 강해지고 싶다고 말하는 사람들, 분해서 이기고 싶다고 말하는 그들과 함께 나도 조금 더 씩씩해지면 좋겠다.

바위에 붙다

10여 년 전 처음 다녔던 암장은 주말에는 문을 닫았
다. 주말에 '진짜' 산에 가기 위해 평일에 암장에서 몸을
만들고 연습을 하라는 거였다. 방점이 확실히 산에 찍혀
있었다. 주말에 문을 닫는다니, 월 사용료를 내고 다니
는 운동센터인데 이래도 되는 건가? 게다가 산이라니,
솔직히 좀 '아저씨'스럽다고 생각했던 기억이 난다.

　해마다 봄이 되면 자연암벽을 배우는 수업이 진행
되었다. 북한산에 올라 무사 교육을 기원하며 고사를 지
내고, 진짜 바위, 그러니까 누가 봐도 절벽 같은 데 매
달려 '벽을 탄다'. 매년 수료자들이 팀을 짜 전국을 돌며
산을 오르기도 했다. 나는 자연암벽등반 교육은 받지 않

앉다. 산과 젊은이, 주말은 어울리지 않는 조합이라고 생각한 나는 도시에 남아 주말 밤을 즐겼다.

나와 달리 철은 클라이밍 2년 차에 자연암벽등반 수업을 신청했다. 내게 클라이밍을 처음 가르쳐준 싸부를 찾아가 자연암벽 리딩 수업을 듣고 인수봉에 올랐다. 높은 곳에 오르는 리딩은 실내 암장에서와 달리 무조건 짝꿍이 있어야 할 수 있는 운동이다. 한 사람이 벽에 오르면, 다른 한 사람은 아래에서 '확보'를 한다. 혹시 모를 추락에 대비해 사고가 나지 않도록 안전을 확보하는 역할을 하는 사람을 확보자, 빌레이어라고 부른다. 그렇게 최소 두 명이 함께해야 하고, 몇십 미터가 넘는 높은 곳을 오를 땐 세 명 이상이 한 팀이 될 때도 있다. 등반자들은 저마다 몸에 하네스를 차고 서로를 로프로 단단히 연결한다. 로프는 40~50m부터 100m가 넘는 길이도 있는데, 로프를 한 번 쓸 정도의 길이로 하는 등반을 단피치 클라이밍, 로프를 여러 번 써야 하는 정도의 긴 길이로 하는 등반을 멀티피치 클라이밍(multi-pitch climbing)이라고 한다. 멀티피치 클라이밍은 여러 명이 한 조가 되어 올라가기도 하는데, 선등자가 먼저 리드 클라이밍으로 올라가면 후등자는 순서대로 그 뒤를 따르고, 로프 길이만큼 오르고 난 후엔 선등자가 다시 로프를 걸면서 등반을 반복한다.

철은 교육을 받은 후 자연암벽 산행에 빠져들었다. 내가 산 근처에 가서 막걸리나 한잔 하자고 꼬실 때는 1년에 한 번 같이 갈까 말까 했는데, 등반에 빠지고 나선 주말마다 새벽 5~6시에 일어나 산으로 떠났다. 주말에 산에 오르려고 평일에 몸을 단련했고, 주말 산행에 지장이 없도록 평일에 집안일을 바지런히 해놓았으며 다른 약속도 잡지 않았다. 심지어 멀티피치 클라이밍을 하기 위해 나의 아버지가 속한 산악회에도 가입했다. 장인과 사위는 아무리 잘해준다고 해도 쉽지 않은 관계일 텐데, 매주 등반을 함께할 정도로 산을 좋아했다. 그렇게 몇 년간 암벽등반으로 유명한 산을 오가고 나니 철은 등산 준전문가가 되었다. 한번은 남산타워 전망대에 올라 서울 풍경을 보는데 갑자기 저쪽은 인수봉, 저쪽은 백운대, 저쪽은 불암산이고 저기 보이는 건 수락산이라며 산 이름들을 읊어댔다. 눈에는 사랑을 가득 담은 채 말이다. 그 전까진 산이라고 하면 그저 뾰족 솟은 봉우리라고밖엔 생각하지 않던 사람이었다. 도대체 어떤 매력이 있기에 사람을 이렇게까지 바꾸어놓았을까 궁금했다. 하지만 내가 자연암벽에 오르고 싶진 않았다. 산은 피곤했다. 지루했다. 정상에 올랐을 때 상쾌함을 느끼기 위해 거쳐야 할 단계가 너무 많았다. 게다가 보는 것만으로도 무서운 절벽에 매달린다니… 상상만 해도 오금이 저렸다. 암장에 다시 다니고, 클라이밍에 재미를 붙이면서도 자연암벽등반은 남 얘기일 뿐이었다.

　기회는 의외의 곳에서 찾아왔다.

　나를 클라이밍 세계로 인도한 아버지는 환갑이 되던 해에 모든 일을 잠시 멈추고 한 달 정도 태국에 다녀왔다. 명확하게는 태국에 있는 끄라비(Krabi), 거기서도 톤사이 해변에. 톤사이는 전 세계 클라이머들이 해안 절벽을 오르기 위해 찾는 여행지로, 섬 하나가 통째로 암벽등반지라고 했다. 에메랄드빛 해안가 앞이 온통 석회암 절벽이고, 그 벽을 오르면 지금껏 보지 못한 아름다운 풍경이 펼쳐진다는 것이다. 아버지는 한 달간 그곳에 머물면서 등반과 수영을 실컷 했고, 그 뒤로 겨울만 되면 끄라비로 떠났다. 아버지는 치매에 걸린 할머니를 모시고 있었는데, 여름 나라에 함께 다녀온 할머니는 어쩐지 조금씩 생기를 되찾는 듯했다. 첫해엔 한 달, 이듬해는 두 달, 아버지는 할머니와 함께 매해 태국에서 머

무는 시간이 길어졌다.

　겨울 끄라비 생활에 익숙해진 아버지가 방 하나를 더 구해놓고 우리 가족을 초대했다. 한국의 추운 겨울 날씨 때문에 비염에 시달리던 날이었다. 빨갛게 헐어버린 코끝에 바세린을 바르다 보니 따뜻한 나라에 가고 싶다는 생각이 들었다. 와서 햇볕도 쬐면서 쉬었다 가라는 말이 더없이 달콤했지만, 1년에 15일뿐인 연차가 발목을 잡았다. 며칠을 망설인 끝에 과감하게 휴가를 냈다. 1월에 연차를 다 써버린 대신 남은 11개월을 휴가 없이 살아갈 미래의 나에게 기억에 남을 만한 시간을 보내리라 결심을 전하면서 말이다. 해변에서 실컷 수영을 한 다음 일광욕도 하고, 근처 유명한 섬에서 스노클링도 하고, 저녁엔 바다를 보며 맥주를 마셔야지. 에어컨 나오는 숙소에서 밀린 드라마와 영화도 보고, 낮잠도 맘껏 즐기는 휴양 계획이었다. 틈날 때마다 인스타그램에서 #krabi #tonsai 태그로 부지런히 검색을 해봤다. 하지만 바다와 스노클링 사진만큼 많이 나오는 게 클라이머들의 등반 사진이었다. 여행 전날 짐을 챙기는 철을 보고 있으니 이것은 휴양이 아니라 전지훈련에 가까웠다. 나와 철, 강이까지 사람 셋에 트렁크 두 개를 챙기는

{ 붙들고
운동 }

데, 가방 하나가 온통 장비였다. 암벽화, 자일, 퀵드로, 하네스, 빌레이 장갑과 안경? 이거 뭔가 불길한데?!

"난 안 해! 난 가서 맥주만 마실 거야! 무조건 쉴 거야! 등반은 안 할 거라고!"

허공에 외쳐봤자 불길한 예감은 빗나가지 않았다. 끄라비 공항에 도착해 배를 타고 톤사이 해변으로 넘어가자 해변 멀리서부터 절벽에 다닥다닥 붙어 있는 사람들이 먼저 눈에 들어왔다. 바다에 몸을 담그고 물놀이를 하는 사람들보다 벽에 붙어 있는 사람이 더 많다니….

숙소에 짐을 풀자마자 철은 장비를 챙겨 등반에 나섰다. 나는 바닷가에 돗자리를 펴놓고 절벽에 매달린 사람들을 바라보았다. 멀리서 볼 때는 그 높이가 실감 나지 않았는데, 바로 아래서 올려다보니 까마득했다. 30m쯤 되어 보이는 절벽 위에서 멀티피치 클라이밍을 하는 사람들은 개미만큼이나 작아 보였다. 잔뜩 꺾인 고개를 내려 해변을 바라봐도 클라이밍을 즐기는 사람들 천지였다. 3~4m쯤 되는 낮은 코스부터 10m 넘어 보이는 코스까지, 바위엔 나사가 잔뜩 박혀 있었다. 절벽에 생긴 굴곡 때문에 동굴처럼 움푹 들어간 곳은 그늘이 져 있어서 사람들이 바글바글하다. 클라이밍 하는 사람들을 한 장소에서 이렇게 많이 보는 건 처음이었다. 날이 워낙 더워서인지 아니면 조금이라도 몸을 가볍게 해서 바위를 타려는 건지, 남자들은 반바지 하나, 여자들은 레깅스에 탱크톱 하나만 입은 채다. 손에는 초크 가루가 하얗게 묻어 있고, 허리엔 하네스를 찬 사람들뿐이라 래시가드를 입고 바닷가에 있는 내가 이상해 보일 정도였다.

땅과 수평이 될 정도로 꺾여서 천장처럼 보이는 절벽에 매달린 사람은 정말 스파이더맨 같다. 완등지까지 몸을 움직이는 동안 양손 가득 묻힌 초크 가루가 아래로 날린다. 영어와 일본어, 한국어와 태국어가 섞인 소리들이 바닷바람에 실려 온다. 서로에게 '나이스'를 외쳐주는 사람들, 벽에 매달린 채 땀을 흘리는 사람들, 그들의 등에 가득한 근육과 팔뚝에 새겨진 문신을 보면서 나도 착각에 빠졌다. 되게 재밌어 보인다, 나도 해보고 싶다.

아마도 이것을 노리고 장비를 챙겼을 '자연암벽 유경험자'들의 큰 그림에, 결국 넘어가고 말았다.

자연암벽도 인공암벽처럼 얼마나 잡기 어려운지, 몸에 하중이 얼마나 실리는지 등에 따라 등급이 나뉜다. 자연암벽은 사람이 홀드를 붙여가며 문제를 내는 게 아니라 직접 바위를 타고 올라가면서 길을 개척하게 되고, 이렇게 만들어진 길을 루트라고 부른다. 실내 암장에서 나는 요세미티 등급[2] 5.10a~b 정도로, 겨우 초보 딱지를 뗀 정도인데, 자연암벽은 경험이 없기 때문에 가장 쉬운 등급의 루트부터 올라가보기로 했다. 끄라비에는 초보자부터 국가대표 선수급까지 도전할 수 있는 다양한 등급의 루트가 있다. 내가 오를 루트 이름은 'A man can tell a 1,000 lies', 아마도 마돈나의 노래 〈Live to tell〉에서 따온 이름인 것 같았다. 자연암벽 루트에는 보통 개척자가 이름을 붙인다고 한다. 마돈나를 좋아했던 내가 오를 첫 루트의 이름이 그의 노래 구절이라니, 시작은 꽤 마음에 들었다.

자연암벽등반을 포함해서 리딩 등반을 해본 적이 없는 나이기에 처음은 톱 로핑 방식으로 올라가란 얘길 들었다. 리딩은 등반자가 직접 벽에 박힌 고리에 로프를 걸면서 안전을 확보한 후 올라가는 방식인데, 톱 로핑은 다른 사람이 미리 톱 지점까지 등반해서 위에 로프를 걸고, 반대쪽 로프를 내려 등반자가 매달린 위쪽 로

---

2 요세미티 등급(Yosemite Decimal System): 미국식 등반 난이도 구분법. 1~6급이 있는데, 클라이밍은 5급부터 시작된다. 5.0에서 5.15까지 등급이 나뉘고, 고난도에 속하는 5.10부터는 각 숫자 뒤에 a, b, c, d가 붙어 세분화된다.

프에 하네스를 연결하는 방식이다. 올라가는 길은 똑같지만 이미 위에 로프가 걸려 있는 상태라 손을 놓치더라도 대롱대롱 매달릴 수 있다. 내 첫 자연암벽등반의 빌레이어는 아버지가 맡았고, 철은 루트를 미리 올라 로프를 걸어주었다. 장인과 사위가 애쓰는 사이 아이도 옆에서 응원의 춤을 추고 있다. 강이는 아빠와 할아버지를 따라 이미 자연암벽등반을 다녀본 경험이 있는 선배님이다. "엄마, 무서워 하지 말고 잘 해봐." 어린 선배님의 듬직한 응원에 용기가 난다.

할아버지부터 꼬마 아이까지 함께 등반을 하는 일도 많지 않기에 우리를 바라보는 주변의 시선도 느껴졌다. 한국어를 알아듣는 사람이 없기에 망정이지, 누가 보면 일생일대의 프로젝트라도 하는 줄 알았을 것이다. 부담감이 마음을 짓눌렀지만, 도와주는 사람이 많으니 무서워도 도망칠 수가 없다. 그래, 한번 해보자.

하네스에 단단히 묶인 8자 매듭을 바라본다. 절대 풀리지 않는다고, 선배 클라이머들에게 누누이 들어온 매듭이다. 8자로 매듭을 묶고, 그 위에 옭매듭을 지은 걸 다시 한번 확인한다. 등반자와 빌레이어는 서로를 바라보고, 줄이 꼬이지 않았는지, 방향이 제대로인지를 살핀

다. 문제는 없다. 나는 내가 오를 루트 앞에 가서 섰다.

"등반 준비 완료!"

큰소리쳤지만 무섭다. 오를 높이는 16m가량. 건물로 따지면 5층은 될 것 같다. 후… 심호흡을 하며 숨을 고른다. 뒤를 돌아보면 겁이 날 것 같아 오로지 바위만 바라보았다. "할 수 있어, 할 수 있어." 속으로만 생각하던 말을 밖으로 내뱉었다. 소리를 내고 나니 조금 더 집중이 되는 기분이다. 일단 출발, 벽에서 한 발 움직여보았다.

색이나 모양으로 구분할 수 있었던 인공암벽의 홀드와 달리 자연암벽은 손으로 만지고 직접 잡아보면서 길을 찾아야 한다. 다리를 안정적으로 디딜 곳을 찾아 몸의 중심을 잡고, 손으로 더듬더듬 잡을 곳을 찾는다. 앞선 등반자들이 이미 잡았던 자리엔 하얗게 초크 가루가 묻어 있다. 이 힌트를 길잡이 삼아 조금씩 위로 올라가본다. 초보자용 벽이라 손에 딱 맞는 자리들이 있는데도 겁이 나서인지 자꾸 손이 미끄러진다. 손에 묻은 땀을 옷에 닦아내고, 허리춤에 찬 초크 주머니에 손을 넣어 초크 가루를 묻혔다.

후… 후…. 가쁜 숨을 내쉬며 한참을 집중했더니 절

반 이상 올라온 듯했다. 잠깐 뒤를 돌아 바다를 바라봤다. 와… 왜들 그렇게 올라오고 싶어 했는지 단박에 알수 있었다. 땅에서 걸을 땐 보지 못했던 풍경이다. 나도 모르게 탄성이 나왔다. 동시에 공포가 밀려왔다. 지금껏 눈앞의 손과 바위만 바라보고 올라왔기 때문에 얼마나 높이 올라왔는지 몰랐다. 아래에 보이는 세 남자가 손가락만큼 작아졌다. 다시 호흡을 고른다. 무서움에 다리가 후들거리는 걸 멈춰야 했다. 내가 나의 의지로 10m도 넘는 곳에 올라와 벽을 잡고 서 있다니. 고소공포증이라며 관람차도 못 타던 과거의 내가 알면 놀라 자빠질 일이다. 완등할 자신이 없어서 중간에 포기할 수도 있다고 잔뜩 밑밥을 깔아두고 올라왔더니만, 잠시 숨을 고르는 사이 밑에서도 걱정스런 목소리가 들려온다.

"내려올래? 많이 힘들어?"

다리가 여전히 떨리고 있었지만 포기하고 내려간다고 말하기가 싫었다. 이만큼 올라온 게 아깝기도 했다. 이왕 여기까지 온 거, 조금만 더 버텨서 톱을 찍자. '완등!' 하고 크게 소리 지른 다음 내려가고 싶었다.

"괜찮아, 올라가볼게."

"가자, 가자!"

응원의 목소리와 함께 절반 지점을 넘어가니 쉽지 않은 구간이 찾아왔다. 보통 '크럭스'라고 부르는, 루트의 핵심 구간이자 가장 어려운 구간이다. 손에 딱 잡히는 자리가 없다. 발을 짚고 서 있는 곳도 아슬아슬 불안하다. 급하게 손으로 여기저기 벽을 더듬는 나를 보더니 밑에서도 있는 힘껏 소리를 질러 용기를 북돋아준다.

"거기만 넘어가면 돼! 다 왔어!"

산에 오를 때 듣는 말과 비슷하다. 거의 다 왔다고, 이제 진짜 다 왔다고, 그러고도 한참 갔던 거 같은데…. 하지만 여기선 더 생각할 시간이 없다. 자칫하면 떨어진다. 떨어져도 줄에 대롱대롱 매달린다는 걸 알면서도, 떨어진다는 무서움은 가시지 않는다. 조금만 몸을 뻗으면 될 것도 같은데….

"으아악!!!"

잠깐 사이 발이 미끄러졌다. 추락할 줄 알았는데 다행히 다른 손과 발이 버텨주었다. 호흡을 고르며 다시 자세를 잡자 땅 위에 있는 빌레이어가 줄을 더 단단히 잡아주는 게 느껴진다. 믿을 만한 사람이 내 목숨줄을 잡고 있다는 게 그나마 위안이 된다. 혈연으로 엮인 사이니 조금은 더 신경 써서 봐주겠지라는 막연한 믿음 덕에 다시 한번 뛸 용기를 얻었다. 마지막 힘을 짜내서 툭! 뛰었다. 드디어 바위가 잡혔다, 제대로! 크럭스 구간을 넘어가니 수월했다. 제일 위쪽 고리, 톱 지점까지 왔다. 손으로 치며 외쳤다.

"완등! 하강!"

마침내 벽에서 손을 떼고 줄에 매달렸다. 다리로 벽을 밀며 내려오는 건, 회사에서 소방훈련을 할 때 완강기 타는 법에서 배웠다. 클라이밍을 잘 배워두면 생존에 도움이 되겠는걸, 딴생각이 들 만큼 여유가 생긴다. 이제야 시원한 바람이 느껴졌다. 땀범벅이 된 얼굴에 바닷바람이 분다. 초크 가루로 엉망이 된 옷을 괜히 툭툭 털어본다. 땅에 두 발을 디디니 내가 언제 저 위에 올라갔다 왔나 싶다. 잘했다며 치켜세워주는 선배 클라이머들의 음흉함에 넘어가 끄라비에 있는 동안 두 번이나 더 바위 등반을 했다. 그리고 왜들 그렇게 벽에 붙어 있는지, 아주 조금 알게 되었다. 떨어질 것 같은 두려움엔 재미가 붙어 있다. 완등 후 뒤돌아본 풍경엔 지금까지 한번도 보지 못한 장면이 담긴다. 주말을 산에서 보낼 마음은 아직 없지만, 아주 조금은 자연암벽에 다시 매달려보고 싶어졌다.

조비산행

    서울에 돌아와 하네스를 하나 구입했다. 하네스는 암벽등반을 할 때 등반자와 로프, 빌레이어를 연결해주는 안전벨트 역할을 하는 장비다. 뭐든 도전을 하려면 내 마음에 차는 장비가 있어야 한다. 빌린 하네스 말고, '내 꺼'가 필요했다.

    인터넷쇼핑으론 한계가 있었다. 디자인이 마음에 들어 클릭하면 강아지용 하네스인 경우도 있고, 아웃도어용품 사이트의 사진만으로는 뭐가 뭔지 알기도 어려웠다. 직접 만져봐야 하는 아날로그 인간은 다시 종로 매장을 찾았다. 내가 마음에 드는 디자인을 고르면 철이 성능을 봐주기로 했다. 다리에 넣는 구멍 두 개, 허리에 차는 벨트 하나, 어찌 보면 참 별것 없는 구성인데도 선택하기가 너무 어려웠다. 색이 마음에 들면 줄이 잘 꼬이는 제품이라고 하고, 탄탄해서 좋을 것 같으면 천이 두꺼워 땀이 찬다고 하고, 가벼우면서 색도 마음에 들고 디자인도 심플한 걸 골랐더니 비쌌다. 목숨을 담보하는 줄이니 어쩔 수 없는 것일까.

'이 돈 주고 사서 내가 이걸 얼마나 쓸까?'

결제 직전까지 망설였지만, 눈 딱 감고 질렀다. 그 힘으로 가는 거다! 돈값을 하기 위해 바로 등반 일정을 잡았다.

한국에서 처음으로 가볼 암벽 등반지는 용인 조비산이다. 비교적 쉬운 루트들이 있기도 하고, 무엇보다 등산 시간이 짧다. 등반 용어로 '차에서 내려 교통수단 없이 암벽장까지 가는 거리'를 어프로치라고 하는데, 조비산은 어프로치가 30분 정도다.

아침 일찍 움직인다고 바지런을 떨었는데도 주말이라 그런지 조비산 암벽장은 벌써 만석이었다. 바위 앞 평지에 대충 돗자리를 펴놓고 짐을 풀었다. 20m쯤 되어 보이는 암벽이 정면에 무대처럼 자리하고 있었다. 이미 벽에 붙은 몇 사람이 보였다. 어찌나 몸이 다부지고 말랐는지, 몸을 움직일 때마다 작은 근육의 움직임까지 선명하게 드러났다. 그들의 등반을 보는 것만으로도 얼마나 어려운 루트인지 알 수 있었다. 벽에 붙은 이들이 호흡을 고르는 동안 나도 모르게 침을 꼴깍 삼켰다. 여기는 아마도 '중앙 무대'급. 내가 도전해볼 만한 쉬운 루트는 중앙무대 양 가장자리에 있다.

간단한 스트레칭으로 몸을 풀고, 허리에 하네스를 찼다. 오늘도 아버지와 철, 아이까지 3대가 함께다. 실력으론 내가 막내라 고분고분 말을 잘 들으며 선배들의 설명에 따라 하네스 착용 방법부터 차근차근 따라 했다. 다리와 허리를 연결하는 줄이 꼬이지는 않았는지, 허벅지와 허리에 벨트가 알맞게 조여졌는지, 헐거운 부분은 없는지 꼼꼼하게 확인하고 로프를 하네스와 연결한다. 오늘은 내가 직접 8자 매듭을 묶어보기로 했다. 줄을 꼬아 8자로 만들고 그 모양대로 따라가며 구멍에 넣으면 된다는데, 설명을 듣고 시범을 보아도 도저히 모르겠다. 몇 번을 풀어가며 반복학습을 한 뒤에야 간신히 비슷한 모양이 만들어졌다. 다시 하라면 할 수 있을지는 의문이다. 암벽에 오르기 전, 마지막으로 등반자와 빌레이어가 서로의 매듭과 로프 방향을 확인해준다.

혹시나 추락하더라도 하네스가 하반신 전체로 충격을 분산해 사고를 막아준다고 한다. 안전과 직결된 문제라서 꼼꼼하게 확인한 후, 이렇게 소리친 후에야 등반이 시작된다.

"등반 준비 완료!"

"빌레이 준비 완료!"

별것 아닌 것 같지만, 입으로 소리를 내어 외치고 나면 마음가짐도 달라진다. 이제 진짜 시작, 그런 기분이다. 마침 전날 비가 온 덕분에 시원한 바람이 불어왔다. 바람에 머리카락을 휘날리며 멋진 자세를 잡은 것에 비해선 난도가 낮은 벽이다. 이번에도 첫 등반은 톱 로핑으로 올랐다. 루트 이름은 '울랄라'. 5.7등급이라 초보자도 해볼 만한 루트다. 별 어려움 없이 완등하고 내려왔더니 등반 선배 강이의 도발이 이어졌다.

"엄마! 톱 로핑은 진정한 등반이 아니지!"

암벽화를 고쳐신었다. 한 번 올라가봤으니 리딩 등반이라고 못할쏘냐! 여유 만만한 녀석의 얼굴을 뒤로하고 다시 벽 앞에 섰다. 리딩 등반은 로프가 어디에도 걸려 있지 않은 채로 등반이 시작된다. 첫 번째 고리에 로프를 걸 때까지는 매달릴 곳이 없어 등반자는 맨몸으로 벽을 올라야 한다. 빌레이어는 등반자 아래에서 손을 뻗어 몸으로 안전을 확보하는데, 2~3m 정도의 높이라도 혹시 추락한다면, 빌레이어는 떨어지는 등반자를 손으로 밀어내서 바닥에 바로 부딪히는 큰 부상을 막는다고 한다. 내가 누군가의 몸 위로 떨어지는 것도 무섭고, 그 사람이 날 밀어내는 것도 무섭다. 절대 떨어지지 않겠다는 다짐 때문인지 첫 번째 고리가 있는 지점까지 가는 동안 손과 발에 힘이 엄청나게 들어갔다. 심장은 쿵쾅거리는 소리가 들릴 정도로 뛴다. 긴장하지 말자고 다독이며 한 걸음씩 몸을 움직였다.

자연암벽 루트는 벽에 박힌 고리로 길을 확인할 수 있다. 이 고리에 퀵드로라는 장비를 매달아 로프를 걸며 올라간다. 퀵드로는 카라비너[3] 두 개를 이어놓은 모양인데 한 개는 벽에 박힌 고리에 걸고, 다른 한 개엔 로프를 거는 식이다. 톱 로핑은 선등자가 퀵드로에 걸어놓은 로프를 빼면서 오르는데, 리딩은 직접 로프를 걸어야 하기 때문에 걸리는 로프의 방향도 중요하다. 잘못해서 로프가 꼬이면 추락할 때 몸이 돌아가 머리를 벽에 부

---

3 카라비너: 강철로 만든 둥근 고리. 로프 연결용으로 쓴다.

딫힐 수도 있다. 아래에서 연습했던 대로 첫 번째 퀵드로에 로프를 걸고 나서야 마음이 놓였다. 한 번 올랐던 길이 이제야 보인다. 역시 뭘 알아야 긴장도 덜한가 보다. 조금 전에 이 길을 오르며 짚었던 자리들을 되짚어가며 침착하게 꼭대기를 향해 갔다. 로프를 걸 땐, 한 손을 벽에서 떼고 로프를 잡기 때문에 벽을 붙든 나머지 손엔 힘이 잔뜩 들어갔다. 이러다 바위를 부수는 건 아니겠지? 다행히 아무것도 훼손하지 않고 완등! 나를 도발했던 강이도 진심 어린 축하를 해주었다.

잘되니 절로 신이 나서 바로 옆에 있는 루트 두 개에 도전했다. 'To You'라는 로맨틱한 이름의 루트와 '쌍용2'라는 용맹한 이름의 루트였다. '쌍용2'는 5.10a등급이라 옆으로 갈수록 조금씩 어려워진다. 어려운데 재미있는 이 기분 뭐지? 내 실력이 쑥쑥 자라나는 데 위기감을 느꼈는지, 등반에 심드렁하던 아이도 적극적으로 벽에 매달렸다. 둘이 번갈아 한 루트씩 올라보기로 했다.

'텐!'

한참을 올라가던 강이가 빌레이어인 철을 향해 소리를 질렀다. 이렇게 '텐'을 외치면 밑에서 줄을 잡고 있던 빌레이어가 줄을 팽팽하게 당겨준다. 줄이 팽팽해지면 등반자는 바위에서 손을 뗀 채 줄에 대롱대롱 매달릴 수 있는데, 힘들면 이렇게 '텐'을 받아 잠시 쉬었다가 올라갈 수 있다고 한다. '텐'이 대체 무슨 뜻인지 모르겠어서 검색해보니 텐션을 말하는 거란다. '등반자가 추락하거나 휴식이 필요할 때 확보에 의지하면서 완등하는 것'을 '텐션 스타일'이라고 한다는데, 전문용어의 세계는 알수록 어렵다. 여하튼 우리는 '텐'으로 휴식을 취해가며 '쌍용2'까지 완등했다.

완등하고 위에서 아래를 내려다보면 아찔하다. 굳은살이 박인 손, 바위에 부딪혀 여기저기 멍든 다리, 암벽화에 구겨 넣느라 같이 구겨진 발가락들… 이런 걸봐도 아찔하다. 잘하지도 못하는 운동을 왜 그리 열심히 하냐는 타박이 마음속 저 너머에서 들려오기도 한다. 아마도 나는 평생 이런 질문을 스스로에게 던지며 어딘가에 매달려 있을 것만 같다. 내가 몰랐던 아찔함에 끌리는 걸 멈추지 못한 채.

매달려만 있으면 힘이 빠져버린다

    얼마 전 아버지가 전라북도 고창으로 이주를 했다. 그 전까지는 서울에서 할머니를 모시고 식당을 운영하며 지냈었다. 따뜻한 나라에서 할머니의 건강이 좋아지는 것 같아 아버지는 해외로 터전을 옮길 계획도 세우던 중이었는데, 지난여름 할머니가 갑자기 돌아가셨다. 코로나19 여파로 해외로 나가는 것도 여의치 않아 아버지는 틈틈이 주변을 정리하더니 귀촌할 만한 곳으로 국내 여러 지역을 알아본 모양이었다. 고창에는 선운산이라는 유명한 산이 하나 있는데, 아버지가 고창을 택한건 팔할이 선운산 때문인 듯했다. 선운산도립공원은 산아래 있는 선운사와 그 앞 둘레길, 동백나무숲이 유명

{ 붙들고
운동 }

하고, 암벽등반을 하는 이들에게 가장 유명한 건 자연 암벽이다. 속살바위, 투구바위, 문바위 등 여러 바위에 다양한 난이도의 루트가 있어서 한국 클라이머들이 가장 많이 찾는 곳이라고 한다.

아버지가 고창에 자리 잡기 전까지는 고창에 대해 복분자와 장어 말고는 아는 게 없었다. 서울에서 대략 300km 거리. 출장을 갈 일도, 친구를 만나러 갈 기회도 없었으니 오히려 해외보다도 멀게 느껴지는 곳이었다. 아버지는 혼자서도 잘 지낼 게 분명한 사람이지만, 그래도 멀리 떨어진 낯선 곳에 있으니 걱정이 됐다. 철은 선운산에 등반을 하러 가고 싶은 눈치였다. 휴가 겸, 정찰 겸, 산악훈련이라는 명목으로 우리 식구는 고창으로 향했다. 차에는 등반 장비만 한 짐이었다.

클라이머들은 '프로젝트 등반'이란 걸 한다. 자신의 등급에서 도전할 만한 루트를 정하고, 완등하기까지 여러 번 떨어지길 반복하면서 문제를 풀어내는 것이다. 잘 안 되는 구간을 넘어가기 위해 식이조절과 트레이닝을 병행한다. 문제를 푼다고 돈을 주는 것도 아닌데, 회사에서 진행하는 업무 프로젝트만큼이나 열심인 이가 많다고 들었다. 야외 활동을 하기 좋은 봄가을엔 선운산이

특히 붐벼서, 선운산 등반지인 속살바위에는 루트마다 암벽화 줄이 길게 늘어서 있다고 했다. 왕복 5~6시간 거리도 아랑곳하지 않고, 프로젝트 등반을 위해 주말마다 서울과 고창을 오가는 사람도 있을 정도라니, 역시 '덕후'들의 기운은 대단하다. 혼자서 적적하지는 않을지 걱정했던 것과 달리 아버지는 주 4일은 농사일을 배우고 돕느라, 나머지 주 3일은 등반하느라 정신없이 바빠 보였다.

고창에 도착하자마자 철은 날씨 앱을 들여다보며 등반 컨디션을 살폈다. 날씨가 춥지는 않았지만 선운산에 오르기엔 바람이 너무 세다고 했다. 당연히 등반은 안 하는 줄 알았는데, 평지에 '할매바위'라는 등반지가 있다며 짐을 주섬주섬 싼다. 할매바위에는 비교적 쉬운 등급의 루트가 많고, 산을 오르지 않아도 돼 초급자들에게 인기가 많은 장소라고 했다. 등반 선배들은 '너도 충분히 할 수 있다'며 나를 부추겼고, 나는 엉겁결에 등반팀에 끼어들었다.

코로나19 상황이 겹치는 바람에 나의 자연암벽등반은 지난번 조비산행이 마지막이었다. 큰맘 먹고 새로 산 하네스는 딱 한 번 써보고 조용히 장 속에 자리 잡았다.

마음을 먹는다면 높은 인공암벽장에라도 갈 수 있었겠지만, 높은 곳은 여전히 무서웠다. 그래도 그간 실내 암장에 꼬박꼬박 나가며 볼더링 훈련을 했으니, 리딩 등반도 예전보단 수월하지 않을까 하는 기대도 있었다. 잘하고 싶었다. 일도 관계도 마음대로 되는 게 하나도 없었는데, 뭐라도 해냈다는 성공의 경험을 얻으면 모든 게 잘 풀릴 것 같다는 환상이 스멀스멀 피어올랐다. 자연암벽을 등반했을 때의 기억이 어렴풋이 났다. 무서웠던 기억은 휘발되고, 몸에는 성취감만 남았다. 다시 그 감각을 얻고 싶었다.

할매바위는 국도 변에 있었다. 주변엔 아무것도 없는데, 커다란 벽 하나가 떡 버티고 있어서 멀리서도 잘 보였다. 나와 강이는 쉬운 등급인 '추억만들기' 루트를 오르기로 하고 바위 앞에 섰다. 바위가 워낙 높아서인지 완등 지점이 한눈에 보이지 않았다. 목이 아플 정도로 꺾어서야 어렴풋하게 꼭대기가 보였다.

'보이지도 않는 곳까지 갈 수 있을까?'

불안한 마음으로 벽을 보고 서 있으니까, 강이가 자신 있게 먼저 하겠다고 앞장선다. 몸도 작은 아이가 벽을 오르니 바위가 더 높고 커 보인다.

"무서우면 내려와도 돼."

내 말은 아랑곳하지 않고 강이는 높은 곳을 향해 손을 뻗었다. 힘 있게 오르다 멈칫거리기도 했다. 괜히 혼자 중얼거리거나 아래를 향해 엉뚱한 걸 물으면 무섭다는 뜻이었다. 어른들은 그 마음을 짐짓 모른 척하며 응원의 말을 던졌다.

"자, 조금만 더 가보자! 다 왔어!"

벽에 붙은 지 30분, 강이는 마침내 '완등!'을 외쳤다.

"하강!"

올라갈 땐 30분이지만, 내려오는 건 30초면 된다. 중간에 무섭다고 내려올 줄 알았는데, 혼자서 마음을 다잡는 게 보여 괜히 내가 울컥했다. 땅을 밟은 강이의 얼굴에 뿌듯함이 꽉 차 있었다.

다음은 내 차례였다. 아이도 했는데, 나도 보여줘야지.

"엄마는 너보다 빨리 올라가볼게!" 허세를 부리고 첫 볼트까지 몸을 움직였다. 이 루트는 처음으로 줄을 걸어야 하는 첫 볼트가 3m 정도 높은 위치에 있다. 혹시 모를 위험 때문에 첫 볼트에는 선배 등반자가 미리 줄을 걸어주었다. 걸린 줄에 의지하며 첫 볼트까지는 어렵지 않게 갈 수 있었다.

문제는 그다음부터였다.

첫 볼트에서 숨을 고르고, 다음 볼트를 향해 움직이려는데 갑자기 몸이 굳었다. 하나씩 줄을 걸며 올라가는 리딩 등반은 다음 지점에 줄을 걸 때까지 내 위에 걸려 있는 줄이 없다. 손을 놓치거나 발이 미끄러진다면 몸이 떨어지면서 아래 걸어놓은 줄에 걸린다. 아주 잠깐이겠지만 그야말로 '추락'을 경험할 것이다. 조금만 더 올라가서 저 위에 내 줄을 걸기만 하면 손을 놓고 쉴 수 있다는 것도, 머리로는 알고 있었다. 그런데 손을 뗄 수가 없었다. 발밑은 까마득하게 느껴졌고, 바위에 디딘 발이 덜덜 떨렸다. 몸의 균형을 잘 잡아서 전신의 힘을 나누어 써야 하는데 공포에 짓눌린 나는 오로지 손에 의지해서 온몸을 버텼다. 한 손이라도 떼면 그대로 떨어져 버릴 것만 같았다.

"괜찮아, 밑에서 잘 잡고 있으니까 겁내지 말고 가보자!"

"너를 믿고 가, 잘할 수 있어!"

밑에서 들려오는 응원에도 경직된 몸은 풀리지 않

았다. 나는 그 상태로 몇 분은 더 달달 떨며 붙어 있었다. 시간이 갈수록 힘만 빠졌고, 팔은 펌핑이 돼서 더는 힘이 들어가지 않았다.

"포기. 나 그냥 내려갈래."

나는 줄에 매달리지도 못했다. 손을 덜덜 떨며 올라왔던 길을 다시 기어 내려왔다.

"안 될 거 같아도 움직여보지. 손 놓치면 그냥 떨어지면 돼. 추락도 해봐야 실력이 늘어."

울상인 얼굴로 한구석에 앉아 있는 내게 선배 클라이머들은 떨어져봐야 한다는 말을 반복했다. 떨어져봐야 그 공포가 사라진다고, 그래야 떨어지는 것도 별것 아니란 걸 알게 된다고.

꼭 자기계발서 어디에 나오는 말 같다. 바닥을 쳐야 올라올 수 있다, 한계를 알아야 극복할 수 있다는 말들. 배웠던 자세가 다 뭉개진 채로 벽에 바짝 붙어 옴짝달싹 못 하는 내 사진을 봤다. 몸을 벽에서 적당히 떼야 중심을 잡고 몸을 움직일 수 있다. 몸을 붙이면 팔을 더 많이 구부려야 하고, 힘도 훨씬 많이 들어간다. 알면서도 나는 그러고 있었던 거다. 이렇게 하지 않으면 떨어질 것 같아서.

거기에 내 일상이 겹쳐 보였다. 회사를 그만두어야겠다고 생각한 지 1년이 넘도록 나는 계속 망설여왔다. 나이 마흔에 하는 진로 고민은 고려할 게 많았다. 다시는 원하는 일자리를 찾을 수 없을지도 모른다는 두려움, 아이를 책임져야 한다는 부담감, 그만두고 나서 후회할지 모른다는 걱정에 나는 떨어지지도, 올라가지도 못한 채였다. 이렇게 매달려만 있으면 힘이 다 빠져버린다는 걸 알면서도.

한참을 쉬었다가, 나는 톱 로핑으로 같은 루트를 다시 올랐다. 내가 줄을 거는 게 아니라 꼭대기에 줄이 걸려 있다고 생각하니 간신히 몸을 움직여볼 수 있었다. 여전히 무서웠고, 10m 이상 올라가선 눈물이 핑 돌 만큼 쫄았지만 이번엔 내려오지 않고 끝까지 올랐다. 이거다 싶게 손에 딱 걸리는 홀드가 잡힐 때처럼, 사는 데도 딱 잡히는 답이 있으면 좋겠다고 생각하며 "완등!" 하고 괜히 크게 외쳐보았다.

클라이밍이 제 삶을 바꿨어요, 신예은

이곳저곳에 있는 암장을 다니며 클라이밍을 가늘고 길게 해오고 있지만, 막상 친하게 지내는 여성 클라이머는 없었다. 그룹 수업을 듣지 않은 데다가 가족과 함께 암장에 다니다 보니 오히려 다른 사람들과 어울릴 기회를 찾지 못했던 것 같다. 넉살 좋게 먼저 말을 걸지도 못하거니와, 내 클라이밍 실력이 별로란 생각에 주눅이 든 것도 이유였을지 모른다. 잘하는 여성 클라이머들을 먼 발치에서 몰래 바라보며 마음속으로 응원하고 돌아섰을 뿐.

예은은 지금 다니고 있는 암장의 초기 멤버다. 암장에서 가끔 스치던 예은은 에너지 넘치고, 암장에서 만나는 누구와도 잘 어울리는 사람처럼 보였다. 예은과 인터뷰를 하기 전, 암장에서 스태프로 일하는 그의 남동생에게 예은의 이야기를 들은 적이 있었다.

자신보다 먼저 클라이밍을 시작한 누나가 추천해 암장에 다니게 되었고, 직업까지 바꾸었다고 말이다. 최근엔 누나가 주짓수를 시작해서 주짓수 도장에도 따라가봤다고 했다. 짧게 스쳤던 인상과 주워들은 몇 가지 이야기로 나는 예은이 외향적 성격에 운동신경을 타고난 사람일 거라 생각했다. 나에게 없는 걸 가졌다는 게 부러웠고, 어떤 마음으로 운동을 하고 있는지 궁금하기도 했다.

지민: 저는 아버지가 워낙 산을 좋아하고, 클라이밍에 빠져 있었던 덕분에 추천을 받아 클라이밍을 시작하게 되었는데요, 다른 분들은 어떤 계기가 있었는지 궁금하더라고요. 예은 씨는 클라이밍을 언제 시작하셨어요?

예은: 사실 처음 클라이밍을 해본 건 거의 10년 전, 스물두 살 때쯤이에요. 집 바로 앞에 클라이밍 센터가 있었는데, 친구가 그 센터에서 하는 행사에 저를 초대했었거든요. 지금 생각해보면 볼더링 파티 같은 거였나 봐요. 그냥 같이 놀자고 해서 갔는데, 정말 재밌더라고요. 그래서 한 달 정도 회원권을 끊어서 다녔는데, 돈이 없을 때라 수업도 못 듣고 흐지부지 되어버렸어요. 그러다 5년쯤 지나서 상암동에서 회사를 다녔는데, 거기에도

암장이 있더라고요. 그래서 거기서 3개월 강습받는 걸 시작으로 본격적으로 클라이밍 세계에 들어왔어요. 스물여덟에요.

지민: 잊지 못하고 다시 찾을 만큼 매력이 있었나 봐요.

예은: 그러게요.(웃음) 그 잡는 맛이 아주….(웃음) 그땐 등반한다는 개념은 아예 없었고, 그냥 게임 같았어요. 문제를 푸는 게 게임 스테이지 올라가는 거 같기도 하고요. 옆에서 잘한다고 해주니까 더 재밌고, 그래서 돈 벌면 꼭 해야지… 그런 생각 했거든요.

지민: 원래 게임을 좋아하셨어요.?

예은: 그건 또 아닌데….(웃음) 제가 문제 푸는 걸 좋아해요. 스도쿠나 추리 게임 같은 거요. 퀴즈도 좋아하고요. 클라이밍도 루트 파인딩[4] 할 때 남들과 다른 방식으로 찾는 걸 좋아하고, 항상 재밌어요. 그런 게 잘 맞았던 거

---

4 루트 파인딩(Route Finding): 등반 전에 미리 자신이 오를 루트를 관찰하고 길을 찾는 것.

같아요.

지민: 저도 그래요! 스도쿠, 지뢰찾기 이런 게임 좋아해요.(웃음) 그런데 클라이밍은 그걸 몸으로 해야 하니까 좀 어렵더라고요. 예은 씨는 원래 운동을 꾸준히 하셨나요?

예은: 아뇨. 전 그 전에 제대로 해본 운동이 하나도 없었어요. 헬스도 3개월 끊고 3일 나갔거든요. 물공포증이 있어서 극복해보려고 수영도 세 번 정도 등록했는데 매번 한 달을 못 채우고 그만뒀어요. 저만 너무 느리고, 잘 못 하니까 안 가게 되더라고요. 그래서 아직도 수영을 못해요.

지민: 와, 저만 그런 줄 알았는데.(웃음) 그런데 클라이밍은 처음부터 잘한다는 칭찬을 받았다고 하셨잖아요.

예은: 네. 진짜 희한하죠? 저는 그 전에 운동을 전혀 안 해서 체력도 안 좋았는데, 저희 반에서 제가 제일 잘하는 거예요. 그러니까 막 흥이 나고, 더 재밌고. 물론 지

금은 그렇지 않습니다만.(웃음) 처음엔 잘한다고 하니까 재밌었는데, 레벨이 올라가면 더 잘하는 사람이 있으니까 또 재미가 없어지기도 하고, 그러다가 다른 무브를 잘하게 된다거나 하는 재능을 발견해서 더 재밌어졌어요. 전 그랬던 거 같아요. 저는 주짓수도 하는데, 주짓수도 좀 비슷했어요.

지민: 주짓수를 한다는 이야기는 동생분에게 들었어요. 들으면서 체력이 정말 대단하다고 생각했거든요.

예은: 네, 작년에 1년 정도 열심히 했고, 지금은 좀 쉬고 있어요. 처음엔 클라이밍을 잘하고 싶어서 시작한 거기도 해요. 자꾸 그레이드가 낮아지니까 클라이밍도 권태기가 오더라고요. '클태기'라고들 하는데요.(웃음) 그러다 보니 점점 살도 쪄서 유산소운동을 하면 살도 빠지고 체력도 늘겠지 싶었어요. 수영을 할까 했는데 자신 없고, 격투기를 배우고 싶단 생각이 들어서 복싱을 알아봤거든요. 복싱을 하면 살이 빠진다는 얘길 많이 들어서요. 근데 그런 체육관들이 주짓수도 하는 곳이 많은 거예요. 그래서 한번 알아볼까 싶어 가봤다가 시작하게

됐어요. 관장님한테 반해서 작년에 진짜 열심히 했던 거 같아요.(웃음) 열심히 살 때여서 아침에 클라이밍 하고, 회사 갔다가 저녁에 주짓수 가고 밤에는 산 타고 그랬거든요.

지민: 산을 탄다고요?

예은: 코로나 때문에 체육관들이 한동안 9시까지만 했잖아요. 원래는 12시까지 운영했었는데, 사람들이 운동을 못 하니까 관장님이 사람들을 끌고 뒷산에 올라갔어요. 모자란 운동을 산 타는 걸로 채우는 거죠. 그분들도 진짜 대단한 사람들이에요.(웃음)

지민: 진짜 대단하네요. 국가대표들이 태릉에서 산 탔다는 얘긴 들어봤는데.(웃음) 주짓수 했던 게 정말 클라이밍 하는 데도 도움이 됐나요?

예은: 제 무브가 조금 바뀌었어요. 이두나 삼두 같은 근육을 쓰는 방식도 바뀌고, 코어나 하체도 굉장히 좋아졌고요. 남자 클라이머들과 비교했을 때, 여자 클라이머들이

힘이나 근력이 모자란 편이잖아요. 그래서 핀치[5]를 잡거나 버티는 게 좀 어려웠어요. 근데 주짓수 하고 나서 근육이 진짜 많이 붙어서 다이노[6]처럼 뛰는 것도 파워풀하게 갈 수 있고, 핀치도 더 잘 잡을 수 있게 됐어요.

반대로 클라이밍 하면서 밸런스 훈련을 했던 게 주짓수에서 상대의 무게중심을 무너뜨리는 기술에 도움이 되기도 했고요. 제가 아직 주짓수를 잘 못 하니까 항상 아래에 깔려 있는 편인데, 그럴 때 위에 있는 사람의 무게를 계속 밀어내니까 웨이트 운동 하는 것처럼 대근육을 많이 쓰게 돼서 몸이 우람해졌어요.

지민: 주변에 주짓수를 인생 운동으로 삼은 친구가 몇 명 있는데, 다들 몸이 단단하고 커지더라고요. 부러웠습니다. 예전에는 수영도 어깨 벌어진다고 여자들은 하지 말라고 하는 사람들도 있었는데, 요즘은 분위기가 많이

---

5 핀치(pinch): 엄지손가락과 나머지 네 손가락이 서로 반대 방향으로 누르듯 힘을 주어 잡는 그립법. 책을 뽑듯이 홀드의 양쪽을 모두 잡는 방식을 말한다.

6 다이노(Dyno): 먼 거리에 있는 홀드를 잡을 때 양손과 양발이 다 떨어질 정도로 뛰어 잡는 방식.

달라진 것 같아요. 정유인 선수처럼 멋진 몸을 가진 여자 수영선수도 인기가 많잖아요.

예은: 맞아요. 저도 얼마 전까지만 해도 마른 몸을 동경했어요. 또 클라이밍 하는 분들이 워낙 마르시기도 했고요. 클라이밍 시작하고 나서도 살 빼서 요가복처럼 몸에 딱 붙는 옷이나 크롭톱 같은 거 입고 싶다는 마음도 강했어요. 운동하면서 생각이 천천히 바뀐 거 같아요. 살 빼고 싶다에서 강해지고 싶다는 마음이 더 커졌어요. 그러고 나서는 '그렇지, 이건 내 몸이지, 이 몸을 내가 자랑스러워 해야지' 그런 생각도 하고요. 뭐, 일반적인 기준으로 보자면 제 몸은 '하비(하체비만)'형이라고 할 수 있는데, 근육량이 굉장히 많아서 오래 살 하체란 얘기도 많이 들어요.(웃음) 어깨도 떡 벌어져서 여리여리한 체형은 아니죠. 그걸 제가 원하지도 않고요. '보디 포지티브'라는 개념을 알게 되면서 어떤 몸이라도 괜찮다는 생각을 하게 됐어요. 저는 남동생과 같이 운동을 하는데, 제가 민소매 옷이라도 입고 운동하면 동생이 '누구 기죽이려고 그렇게 입고 운동하냐'고 놀리거든요? 그럴 때 저도 제 근육을 보여주면서 장난치기도 하고, 다

른 남자들보다 잘할 수 있을 때 되게 기분 좋더라고요. 비교 대상이 약간 달라진 느낌이에요. 예전에는 마른 연예인이나 모델을 보면 예쁘다, 부럽다 이런 생각이 먼저 들었다면, 지금은 저러면 클라이밍 잘 못 하겠다는 생각이 먼저 들어요.(웃음)

나 역시 클라이머들의 마른 몸을 동경했다. 마르고 납작한, 중력을 거스르는 듯 가벼워 보이는 몸이 부러웠다. 벽에 매달린 나의 커다란 엉덩이가 보기 싫었다. 다른 사람들에게 내 뒷모습을 보이고 싶지 않아 아무도 없는 벽에서만 운동하던 날도 있었다. 물론 아직도 몸에 대한 평가나 타인의 시선에서 완전히 벗어나지는 못했다. 하지만 그 기준이 바뀌어간다는 예은의 말에 공감했다. 그저 마른 몸이 아니라 턱걸이를 할 수 있는 광배, 몸통 회전이 가능한 코어, 중량을 들어 올릴 수 있는 허벅지가 갖고 싶다. 다른 이들에게 '어떻게 보이고 싶다'가 아니라 '내 몸으로 이런 걸 하고 싶다'는 쪽으로 무게중심이 이동하고 있달까? 직접 몸을 써가며 내 몸을 알아가는 과정은 전에 몰랐던 나를 알게 해주기도 했다. 예은에게 클라이밍을 하고 달라진 점을 묻자, 그는 인생이 달라졌다고 답했다.

예은: 클라이밍은 제 인생에서 굉장히 큰 의미가 있고, 중요한 키워드예요. 제가 2017년, 스물여덟 살에 클라이밍을 제대로 시작했는데, 그 당시 만나는 사람이 있었어요. 이십 대 초반에 만나서 오래 연애를 했고, 나중에 같이 이민 준비를 하면서 혼인신고도 했었고요. 그 사람 손을 잡고 클라이밍 등록을 하러 갔어요. 제가 하고 싶다고 하니까 등록을 해준 거죠. 그때까지 제가 어떤 사람이었냐면, 한 번도 주체적으로 뭔가 선택을 하지 못하는 사람이었어요. 정서적으로 불안했을 때 그 사람을 만났고, 거의 모든 걸 의지하면서 지냈어요. 그 사람은 제가 멘탈이 약하다고, 자기 없으면 아무것도 못 한다는 얘기를 했어요. 실제로 저는 모든 선택을 그 사람에게 맡겼어요. 제가 뭔가를 하는 결정권도 다 그 사람에게 있었고요. 그땐 그게 사랑이라고 생각했고, 그 사람 말이 맞다고 생각했는데, 사실 제가 그런 인간이 아니었던 거죠. 결국 참았던 게 여러 다른 문제와 엮이면서 폭발하고 헤어지게 됐어요. 저는 그렇게 할 수 있게 해준 게 클라이밍이라고 생각해요.

아무 선택도 못 하는 상태로 지내다가 클라이밍을 했는데, 그 작은 성취감들이 너무 좋은 거예요. 클라이밍 잘한다는 칭찬도 듣고, 그게 하나둘 쌓이니까 '그래, 나 혼자 잘할 수 있는 사람이지, 혼자 지낼 수 있는 사람이지, 나 강한 사람이지' 이런 생각이 들더라고요. 그렇게 헤어졌는데, 그때 도움이 됐던 것도 클라이밍이었어요. 헤어졌다는 것도 암장 센터장님에게 가장 먼저 이야기했고, 같이 운동하던 친구들도 힘이 돼줬어요. 마음이 힘들어도 클라이밍 하다 보면, '그래, 나 이렇게 잘하는 사람인데 뭐든 할 수 있지, 나 멋지니까 이거 별거 아닌 일이야'라며 자신감을 얻게 되기도 하고요. 운동을 중심에 놓고 생활하다 보니까 지금 만나는 친구들도 다 클라이밍이나 주짓수를 하다가 알게 됐어요. 만나면 맨날 운동 얘기 하고.(웃음) 클라이밍은 저한테 다른 운동하고는 또 다른 의미라, 범위가 점점 넓어지고 있고, 평생 계속할 것 같아요.

지민: 저도 아이 낳고 나서 정말 힘들었을 때 클라이밍을 하면서 회복했던 기억 때문에, 예은 씨 이야기에 공감이 많이 돼요. 그런데 저는 그렇게 꾸준히 하진 못했던 것 같아요. 그래서 예은 씨처럼 꾸준히 하는 분들을 보면 부럽기도 해요.

예은: 저도 가끔 클태기(클라이밍 권태기)가 오긴 하죠. 저와 같이 클라이밍 시작했던 친구들이 이제 다 5년 차 정도 되니까, 처음엔 제가 더 잘했었는데 지금은 저보다 잘하는 친구들도 있거든요. 그게 뒤집어지니까 그 열등감을 극복하는 것도 과제였어요. 시간도 꽤 걸렸고요. 많이 내려놓고, 길게 보자고 받아들이고, 무리하면 다친다는 것도 받아들이고요.(웃음) 지금은 '내가 너한테 열등감을 느꼈었다, 내가 다시 올라갈 거다'라는 얘기를 할 수 있을 정도가 됐어요. 처음엔 말도 못 했어요. 좋아하는 친구니까 응원은 하면서도 질투가 나고, 그러다 나도 더 잘하고 싶다는 욕망이 들끓기도 하고 막 그랬거든요.

지민: 그런 순간에 그만두는 대신 더 열심히 해보는 선택을 한다는 게 정말 멋있어요.

예은: 저도 좀 생각을 해봤어요. 왜 안 그만둘까. 갑자기 재미없어질 때도 있었죠. 잘하는 사람은 벽에 잘 붙는데 전 안 붙는 거예요. 그러고 나서 술 먹고.(웃음) 술 먹으면 살찌고, 운동은 더 못하는 악순환이 시작되는 거죠.

근데 저는 제가 잘하는 게 클라이밍이라는 생각이 들어서 다시 하고 싶어져요. 다른 운동을 해봐도 돌 잡는 것만큼 재밌지 않았어요. 회귀본능 있는 사람처럼 다시 돌아오게 되더라고요. 고향 같은 느낌인가.(웃음)

지민: 클라이밍이 주는 성취감에 중독성이 있는 것 같아요.

예은: 맞아요. 그게 정말 큰 위안이 돼요. 50번 시도해도 안 되던 게 마지막 한 번만 더 해보자 하고 붙었을 때 딱 되면! 그 성취감이 정말 짜릿하죠. 볼더링은 짧으니까 도전할 수 있는 기회가 되게 많잖아요. 리드는 하루 종일 나가 있어도 네다섯 번 붙기가 힘든데 볼더링은 계속 같은 동작을 반복하니 여러 번 할 수 있고, 그게 눈에 보이니까 만족감이 진짜 커요.

지민: 인터뷰 하기 전에는 당연히 어렸을 때부터 운동을 잘했던 사람이라고 생각했어요. 지금 모습을 보면 원래 운동을 좋아하지도 않았고, 해본 적도 없던 사람이었다는 게 믿기지 않을 정도예요.

예은: 저는 완전히 저질 체력에 집순이었어요. 밖에 나갔다 오면 피곤해서 무조건 누워야 하고 자야 되는 사람이었는데, 클라이밍 하면서 체력이 붙고 정말 달라졌어요. 등산도 싫어했는데, 이젠 재밌고요. 헬스장에서 하는 운동도 정말 싫어했는데, 얼마 전에 보조운동 한다고 헬스장 갔더니 유산소도 재밌고 웨이트 치는 것도 재밌더라고요. 뇌 구조가 바뀌었나 싶을 정도였어요. 제가 클라이밍 하기 전에 주짓수를 했으면 하루 가고 그만뒀을 것 같아요. 근데 기본 근력이 있는 상태에서 하니까 진짜 재밌더라고요. 운동이 재밌으려면 체력이 기본적으로 갖춰져야 그다음 단계가 가능한 거 같아요. 게임을 하더라도 기본 능력치가 있어야 되는 것처럼요. 저는 지금 제 몸을 컨트롤하는 걸 계속 배우는 과정이라고 생각해요. 어느 정도 능력치인지, 가동 범위가 얼마만큼인지, 멘탈은 어디까지인지 이런 걸 운동하면서 알아가고 있는 것 같아요.

지민: 저도 예전엔 몸이 저에게 미치는 영향이 적다고 생각했었는데, 운동하면서 많이 달라졌어요. 많이 움직이는 사람이 되어야 인생이 행복할 것 같아요.

예은: 저는 진짜 클라이밍 하고 인생이 백 배쯤 행복해진 것 같아요. 그게 클라이밍이어서 행운이라고 생각해요. 체력만이 아니라 땀 흘리는 즐거움을 알게 돼서 인생이 많이 풍요로워졌어요. 세상에 정말 많은 활동이 있는데 전 그런 거에 도전하는 사람이 아니었어요. 집에서 혼자 책 읽고 영화 보고, 정적인 활동만 했었어요. 완전 내향형 인간이었죠.(웃음) 그런데 바뀌었어요. 새로운 걸 해보는 게 좋고, 이걸 잘하니까 저것도 해보면 재밌을 거야, 근데 못해도 괜찮아, 한번 해보자. 이런 마음이 생기니까 인생이 훨씬 재밌어졌어요.

지민: 맞아요. 저도 생각으로 운동 몇 개 뗀 사람이라(웃음) 직접 하면서 배운 게 참 많아요. 그런데 너무 클라이밍 찬양만 한 것 같아서(웃음)… 단점은 없나요?

예은: 신발도 그렇고, 손도 그렇고 고통스러운 운동이긴 해요. 많이 다치기도 하고요. 강해지는 운동이긴 한데, 건강해지는 운동은 아닌 거 같기도 하고요.(웃음) 포기할 것도 많아요. 손발에 네일아트 같은 거 못 받고, 관절을 많이 쓰니 손가락 마디도 다 굵어지고, 작은 신발에

발을 욱여넣으니까 발도 많이 상하고 모양도 변하고요.
전 무릎에 부상이 계속 있어요. 기술이 좋아져서 나중에
바꿔 낄 수 있으면 좋겠어요.(웃음) 그리고 아무래도 익
스트림 스포츠니까 위험할 때도 있죠. 볼더링 하다가 다
치는 경우도 많이 봤고, 리드도 간혹 안전사고 얘기도
들리니까요. 어쨌든 자연과 다투는 운동이잖아요.

지민: 자연과는 안 싸워도 되는데, 굳이 왜 돈을 내 가면
서 싸울까요?

예은: 인간은 왜 자꾸 높은 데 올라가려고 하는 것인가?
이런 생각도 하는데 그만큼 성취감이 또 있어서.(웃음)
겨울에 외벽 같은 데 나가면 추워 죽겠는데 왜 이 차가
운 돌멩이를 붙잡고 있나, 그런 생각도 해요. 그런데 또
꾸역꾸역 나가고 있네요.

지민: 리딩은 시작한 지 얼마 안 되었다고 했잖아요. 전
사실 리딩의 재미를 아직 잘 모르는 것 같아요. 무서운
게 워낙 커서요.

예은: 그러니까요. 올라가면 정말 무섭죠. 팔에는 막 펌
핑 오고, 밑에서 잡아주는 거 알면서도 추락이 무섭고.
그런데도 매주 꾸역꾸역 올라가고 있네요.(웃음) 볼더
링이든 리딩이든 성취감이 있는데, 볼더링은 짧게 여러
번 할 수 있다면 리딩은 길게 하면서 호흡을 조절하고,
내 멘탈도 정리할 수 있어서 매력적이에요. 밑에서 보면
서 루트 파인딩을 하더라도 막상 붙으면 제가 쓰는 무
브들이 있는데, 그런 걸 보면 기특하고요. 마지막에 완
등하고 나면 끝났다는 그 느낌이 좋아요. 붙으면 붙을수
록 실력이 느는 것도 보이고요. 지난주엔 열 번째쯤에
서 텐을 받았는데, 이번엔 더 올라가서 텐을 받고. 그럼
'아, 늘었구나' 하고 확인할 수 있으니까요.

리드 할 때는 진짜 오롯이 거기에만 집중해야 되니
까 일상생활이나 일 때문에 마음이 어지러울 때 좋아
요. 물론 스트레스를 너무 많이 받으면 운동도 잘 안 되
긴 하는데, 그래도 한 번 나가서 집중하면 2~3시간은 스
트레스 받는 거 잊어버릴 수 있으니까 환기도 되고요.
작년에 회사 일이 엄청 바빴는데도 거의 주말마다 리드
하러 나갔어요. 나가면 숨통이 트이거든요. 주 6일 일했
는데, 하루 쉬는 날에 가는 거예요. 컨디션이 안 좋으니

까 문제도 못 풀면서도 갔다 오면 속이 풀려서 자꾸 가게 되더라고요. 개운해지는 느낌이 있어요.

예은은 최근 직업을 바꾸었다. 하던 일을 정리하고, 새로 생긴 암장에서 스태프로 일한다. 취미로 하던 운동을 생업으로 만든 셈이다. 최근에는 여성들로만 꾸려진 기초반 강사를 맡았는데, 너무 좋아서 '선'을 넘어버렸다는 말도 전했다. 그전엔 '회원님'이었던 분들이 언니, 동생이 되었고, 20대에서 50대까지 많은 여성의 인생 스토리를 듣는 것이 너무 재미있어서 일하는 느낌이 아니라는 거였다. 이 반에선 장난으로라도 야유를 보내는 일이 없고, 늘 서로를 응원한다고 했다. 사람들 사이에 섞이는 게 쑥스러운 나조차도 그들과 함께하며 칭찬감옥에 슬쩍 끼어들고 싶었다.

지민: 운동하기 전에 내성적이었다는 게 믿기지 않을 정도로 지금은 굉장히 활달한 사람이잖아요. 다른 사람들을 북돋아주는 것도 잘하고요. 남동생과도 친하게 지내는 게 신기했어요. 보통 현실 남매 같지 않달까요?(웃음)

예은: 운동을 하기 전에는 저도 동생과 데면데면한 사이

116

였어요. 그런데 같이 운동하면서 할 수 있는 얘기가 늘어나고, 맨날 클라이밍 얘기 하면서 친해졌죠. 지금은 정말 베스트 프렌드예요. 저도 직업을 이쪽으로 전향하면서 나눌 수 있는 얘기가 더 많아지기도 했어요. 같이 친한 사람들도 있고요.

저에겐 클라이밍 하면서 만난 친구들이 정말 소중해요. 운동에 진심인 친구들이 자기 인생에도 진심이더라고요. 같이 운동하면서 그런 친구들에게 좋은 영향을 많이 받았어요. 암장에서도 새로 시작하는 여자분들 보면 굉장히 응원해주고 싶은 마음이 들어요. 서로 으쌰으쌰해주고 유대감도 쌓이다 보면 잘하게 되고, 같이하면 못 풀던 문제도 풀 수 있게 되고, 그런 경험을 해봤으니까요. 그래서 오지라퍼처럼 혼자 계신 분들한테 가서 말 걸고, 같이하자고 해요. 요즘은 코로나 때문에 선뜻 다가가기가 어려워 아쉽기도 하고요. 물론 클라이밍이 자기와 싸우는 운동이긴 한데, 동시에 또 같이하는 운동이란 생각도 하거든요. 전 여자들의 연대를 믿어요. 클라이밍은 여자가 가진 강점을 잘 표현할 수 있는 운동 중에 하나기도 하고요.

물론 엄청 잘하시는 분들 인스타를 보면 질투도 나

는데(웃음), 그래도 클라이밍 파이가 계속 커지고, 여성 클라이머가 더 많아지면 좋겠어요. 같이하면 정말 재밌고, 오래 할 수 있는 운동이기도 하니까요.

　예은과 인터뷰할 때 사고가 있었다. 첫 번째 만남에서 켜놓았던 녹음기가 먹통이 되어 파일을 살릴 수 없었기 때문이다. 매번 백업 녹음을 따로 했는데, 하필 그날만 괜찮겠거니 생각했다. 악몽 리스트에만 있던 일이 현실에서 일어나버려서 나는 완전히 패닉이 되었고, 예은은 그런 나를 다독이며 인터뷰 시간을 다시 내주었다. 창피하고 미안해 곤혹스러워하던 나에게 그는 한 걸음 더 다가와 속 깊은 이야기를 들려주었고, 나는 그의 인터뷰를 복기하며 예은이 얼마나 강한 사람인지 새삼 알 수 있었다. 원고를 정리하다 말고 마음이 간질거려서, 괜히 철봉에 매달려볼 정도로 나를 응원해주는 이야기이기도 했다. 때때로 실수는 이렇게 행운으로 둔갑하기도 하나 보다. 덕분에 그토록 바라던 여자 클라이머 친구가 생겼으니.

함께   운동

야구하는 여자들

마음껏 늦잠 자도 되는 일요일 아침, 6시에 눈을 번쩍 떴다. 맞춰놓은 알람이 울리기도 전이다. 제시간에 못 일어나고 허겁지겁 준비하는 꿈이 반복되는 바람에 잠을 설쳤다. 생각도 씻어낼 겸 샤워기 앞에 서서 한참 따뜻한 물을 맞았다. '할 수 있다, 괜찮다' 물줄기 소리를 백색소음 삼아 나름의 마인드컨트롤을 해본다. 수용성이 아닌 걱정들은 물에도 씻기지 않고 여전히 머리에 붙은 채다. 오늘은 홈팀 유니폼. 흰색에 분홍 옆줄이 새겨진 바지와 역시 분홍색으로 내 이름과 등번호가 수놓인 상의다. 무릎까지 올라오는 두툼한 빨간 양말에 붉은 벨트까지 착용한다. 꾹 눌러쓴 분홍색 모자 앞엔 팀

로고가, 뒤에는 내 번호가 있다. 글러브와 배팅 장갑, 야구화까지 빠트린 게 없는지 꼼꼼히 챙기고 나서, 현관에 있는 거울 앞에 섰다. 거울 속 사람은 제법 야구선수 같다.

나는 여자 사회인야구 선수다. 내가 속한 팀은 최근에야 선수가 구성되어 리그 경기에 출전한 지는 얼마 되지 않았다. 한 달에 한두 번, 주로 일요일에 경기가 열리는데, 아침부터 2시간 간격으로 빼곡하게 경기가 잡혀 있어 바지런히 움직여야 한다. 경기장까지 가는 데만 2시간이 넘게 걸리기 때문이다.

우리 팀은 서울-고양시를 중심으로 모이게 된 여자 야구단이다. 하지만 리그가 열리는 경기장은 시흥에 있다. 경기 일주일 전부터 참석 가능한 선수들이 시간을 맞추고, 차가 있는 선수들이 카풀 인원을 모집해서 함께 이동한다. 차 안은 왁자지껄하다. 소풍 기분 낼 겸 김밥을 싸 와 나눠 먹고, 신나는 음악도 튼다. 나만 소풍 분위기에 끼지 못하고 잔뜩 긴장해 있다. 야구장은 규모가 커야 해서 그런지 땅값이 쌀 것 같은 시 외곽에 있는 경우가 많다. 고속도로를 빠져나와 트럭이 가득한 공장지대를 지나고, 곳곳이 움푹 패인 비포장도로를 1km가량 달려야 야구장이 보인다. 흔들리는 차 속에서 내 마음도 함께 울렁거린다. 마음을 다스리려고 심호흡을 해 본다. 후, 숨을 내쉬고 깊이 들이쉬면 근처에 있는 승마장 덕분에 말똥 냄새가 폐부 가득 담긴다.

'이대로 괜찮을까, 지금이라도 난 집에 돌아가야 하는 게 아닐까' 걱정이 커져 나를 삼킬 때쯤 되면, 경기를 하는 작은 구장에 도착한다. 운동장엔 흙먼지가 풀풀 날리고, 더그아웃도 없는 경기장 주변엔 오늘 경기를 치를 양 팀 선수들이 뒤섞여 있다. 몸을 풀고 있는 우리 팀 선수들을 보고 있으니 마음이 좀 가라앉는 것도 같다. 나도 저기 속한 사람 중에 하나니까!

여자 야구단 소속으로 사회인야구를 한다는 이야기를 할 때마다 상대는 대부분 비슷한 반응을 보인다.

"사회인야구를, 여자분이 직접 하신다고요?"

"여자들도 야구를 하는구나. 팀도 몇 개 없을 텐데…"

"공이 무섭지 않아요? 이야… 대단하네."

여자가 야구를 한다는 것만으로도 갑자기 대단한 사람이 되는 효과가 있다. 나도 항상 같은 대답을 한다.

"야구하는 여자 많아요."

여자 사회인야구단이 희귀한 건 아니다. 2022년 기준 한국여자야구연맹에 등록된 팀은 47개, 등록 선수는 1,000명 정도다. 우리 팀이 참여하는 여자리그는 일요일 아침 8시 경기를 시작으로 2시간마다 한 경기씩 치러지는 일요리그다. 총 18개 팀이 각각 한 번씩 경기를 하고, 승수에 따라 순위가 매겨진다. 일요일 하루에 몰아서 경기를 하기 때문에 서로 맞붙는 팀을 비롯해서 앞뒤 경기를 하는 팀 선수들과 마주칠 수밖에 없는데, 여자 수십 명이 유니폼을 입고 야구장 안팎에 있는 모습을 보는 게 낯설긴 하다. 아는 사이는 아니라도 여자 선수들을 보면 괜히 반가운 마음이 들지만, 경쟁관계에 있기 때문에 슬쩍 곁눈질을 해보는 게 다다. 마땅히 몸을 풀 공간도 없어서 주차된 차들 사이에서 준비운동을 하고, 나무 사이에서 캐치볼을 하고, 인조 잔디도 없는 야구장에서 흙먼지를 마셔가며 뛰어야 하는 경기를 하기 위해 여기까지 온 여자가 이렇게나 많다니!

　　내가 야구를 처음 시작한 건 2016년이었다. 아이를 어린이집에 데려다주고 돌아오는데 육교 위에 걸린 현수막에 써 있는 '여자 야구단 신입 회원 모집, 초보 환영'이라는 글귀가 눈에 크게 들어왔다. 그때의 나도 그

렇게 생각했다. '여자들이 야구를 한다고?'

어릴 때부터 야구 경기 보는 걸 좋아했다. 넓은 야구장이 좋았고, 시끄럽게 떠들며 응원해도 눈치 주는 사람 없는 외야석 분위기가 좋았다. '신바람 야구' 열풍이 불던 때였다. 시간 날 때마다 잠실야구장에 들락거렸고, 선수들의 동작 하나하나에 열렬히 환호를 보냈다. 엉덩이를 흔들며 타격 자세를 잡는 선수를 흉내 내며 친구들과 운동장에서 깔깔대고 노는 것도 재미있었다. 단지, 내가 진짜 야구 경기를 할 수 있을 거란 생각은 못했다. 야구는 남자애들의 경기였다. 나는 가끔 각목을 들고 타자인 척 흉내를 내거나, 학교 수업 시간에 발야구를 하는 게 전부였다.

현수막을 보고 전화를 한 건, 조금 충동적이었다. 아이를 낳고 생긴 습관 중 하나는 프로야구 중계를 매일 챙겨 보는 거였다. 꼼짝없이 집에 갇혀 있어야 했던 때였고, 넷플릭스가 한국에 들어오기 직전이었다. 저녁 6시 30분에 방송되는 야구 중계보다 더 재밌는 TV 프로그램은 없었다. 어떤 경기도 똑같지 않은, 매번 새로운 드라마였다. 응원하는 팀에 감정이입을 하다 보면 열에 아홉은 화가 났는데, 이제 막 말을 배우는 아이를 옆에 두고 차마 욕을 할 수는 없었다. 덕분에 내면에 화가 가득했다. 어쩌면 마음속 그 외침에 용기를 얻었는지도 모른다. "그 정돈 나도 하겠다!! 이 ××들아!!"

정말 그 정도는 할 수 있을 줄 알고 시작했다.

"원하는 포지션이 있나?"

"유격수요!"

어휴… 지금 생각해도 부끄럽다. 감독님이 첫 모임에서 각 선수들에게 희망 포지션을 물었을 때 나는 당당하게 유격수를 외쳤다. 야구 수비의 핵, 내야 수비 중 으뜸인 유격수! 난 내가 야구를 너무 많이 봐서 야구를 잘할 줄 알았지 뭐야. 하지만 나의 상태를 깨닫는 데는 오랜 시간이 걸리지 않았다. 유격수가 웬 말인가. 후보 선수로라도 벤치에 앉을 수 있는 걸 감사해야 했다. 연습 때마다 혼나고, 또 혼나고, 그러고도 또 혼났다.

공을 던질 때는, "팔로만 던지지 말고, 몸을 써야지!"

수비를 할 땐, "글러브 눕히지 말고, 세워!"

주루 연습을 할 때면, "더 빨리 안 뛰어! 공을 봐야지!"

타석에 서면, "중심 이동하지 말고, 허리를 돌리

라고!"

　지적받은 동작들을 속으로 중얼거리며 운동장에 들어서도, 내 차례가 되면 같은 실수를 반복하기 일쑤였다. 첫 팀에선 울기도 많이 울었다. 연습 끝나고 차에 앉아 운전대를 잡으면 눈물이 콸콸 쏟아졌다. 같이 시작한 다른 선수들은 잘만 하는 것 같은데, 나만 혼자 뒤처지는 기분이었다. 남과 비교하지 말고 어제의 나보다 성장하라고들 하지만, 고개는 절로 옆 사람에게 돌아갔다. 나의 부족함을 계속 확인해야 한다는 것은 팀으로 함께 해야 하는 운동에서 느끼는 괴로움이었다. 열심히 해서 뭔가 증명해내고 싶은 마음과 그냥 도망치고 싶은 마음이 동시에 들었던 때였다. 결국 나는 이사를 핑계 삼아 첫 번째 팀을 그만두었다.

　하지만 이루지 못한 야구선수의 꿈은 마음 한구석에 덕지덕지 남았나 보다. 술자리에선 '내가 왕년에 야구단에 있었는데 말이지…!'라며 초라한 과거를 늘어놓았는데, 그 헛소리 덕에 지금의 팀을 만날 수 있었다. 독서모임에서 알게 된 한 친구가 술자리에서 내 얘기를 듣고는, 마침 팀원을 찾고 있던 지인에게 연락을 했고, '한번 구경 가고 싶다'는 말에 이튿날 바로 연락이

{ 함께 운동 }

127

왔다.

"저 진짜 이상한 사람 아니고, 처음 본 사람에게 이런 말 해본 적도 없는데, 다음 주에 연습 같이 갈래요?"

플러팅 같은 제안에 어영부영 연습에 따라갔다가 나는 그대로 팀에 눌러앉았다. 나중에 들은 얘기지만, 그 당시 주장이었던 언니가 사람을 더 구해와야겠다는 책임감에 자기 딴엔 굉장한 용기를 냈던 거라고 했다. 지금은 사정이 생겨 팀을 떠난 언니 대신 내가 이 야구단에 더 오래 남아 있으니, 인연이란 것도 알다가도 모를 일이다.

지금 속해 있는 팀은 '즐기면서 하자'가 모토다. 감독님도 '공 오면 피해도 돼. 안 다치고 재밌게 하는 게 중요하지'라고 말할 정도다. 오히려 재밌게 하기 위해서 더 열심히 하는 분위기이기도 하다. 여전히 잘 못하는 나에게도 기회가 주어지고, 다음에 더 잘하면 된다고 응원해주는 공간이라 마음이 편하다. 위로를 받으면 울고 싶어질 때가 많지만.

다시 야구를 하면서 몸을 쓸 줄 아는 여성들의 움직임을 가까이서 볼 수 있게 되어 좋았다. 그 전엔 보이지 않던 몸놀림이 이젠 잘 보인다. 우리 팀 맏언니이자 환갑을 넘긴 J언니가 유격수 자리에서 몸의 중심을 낮추고 준비 자세를 취할 때, 외야로 높이 뜬 공을 기가 막히게 잡아내는 E언니의 빠른 발을 볼 때, 유연하게 중심을 이동하며 안타를 쳐내는 K의 타격에, 포수 미트에 공을 찔러넣는 투수들의 움직임에 감탄한다. 이 아름다움을 알아채는 사람이 되어서 다행이라고, 종종 생각한다.

'잘 안 되면 안 되는 대로 재미있게 하면 된다'는 감독님의 말에 스리슬쩍 기대어 오래 버티는 걸 목표로 삼았다. 오십쯤 됐을 땐 더블플레이를 손쉽게 해낼 수 있게 다른 선수들과 호흡도 맞추어야지. 육십쯤엔 시니어리그에서 아트 피칭을 하는 투수로 이름을 날릴 예정이다. 칠십 쯤에는 "와, 할머니가 야구를 직접 하신다고요?"라는 물음에 "그런 여자, 여기 이렇게 많아요"라고 대답할 수 있길 바라며.

마이볼

 장마철이다. 일요일 리그 경기를 앞두고 목요일부터 날씨 앱을 들여다봤다. 비가 오면 경기는 취소되겠지? 경기 진행 여부는 일요일 경기 직전에야 결정될 텐데…. 하루에도 몇 번씩 강수확률을 계산해본다. 비가 와서 경기가 취소되기를 바라는 마음과 한 번이라도 더 경기에 출전해서 경험을 쌓아야지 하는 마음이 널뛰듯 오간다. 내가 그렇게 얄궂은 얼굴을 하고 앉아 있으면, 철이 옆에서 묻는다.

 "너 야구 재밌어서 하는 거 아니었어?"

 "…재밌어서 하지."

 야구 재밌다. 진짜 재밌다. 재밌지 않으면 내 돈 내

고, 피곤한 주말에 시흥까지 차를 몰고 가서 두 시간을 땡볕에 서 있을 이유가 없다. 눈으로 보기만 하던 야구 경기를 직접 해볼 수 있다는 즐거움과 서로를 챙겨주는 팀원들 사이에서 만끽하는 포근함도 좋다. 그런데… 그런데….

내 마음은 늘 비상이다. '즐기면서 하자'고 외치는 팀에서조차 나 혼자 국가대항전 동점 상황, 투 아웃 만루에 들어선 타자처럼 긴장해 있는 거다. 경기하는 그 순간만 긴장하는 것도 아니다. 경기 며칠 전부터 몸이 굳어버린다. 우리는 경기 일정이 잡히면 2주 전부터 팀 밴드에 댓글을 달아서 참여할 선수를 확인하는데, 나와 교체할 만한 선수가 없어 보이면 그때부터 벌써 얼굴에서 핏기가 사라지는 식이다. 그럼 옆에서 철이 또 묻는다.

"너 야구 재밌다며?"

사실 연습할 때는 이렇게 긴장하지는 않는다. 감독님이 놀리듯 '연습장 프로'라고 말씀하실 때도, 속으론 정말 경기 없이 연습만 하면 좋겠다 싶기도 하다. 아이러니한 일이다. 보통 야구선수는—아무리 사회인 야구선수라고 하더라도—경기를 하기 위해 연습을 하는 거

니까. 경기 전에 캐치볼을 하면 '공 좋다'는 말도 듣는
데, 리그 경기에선 평범한 송구도 실수를 한다. 그래서
두렵다. 또 실수할까 봐. 평범한 뜬공을 놓치는 장면, 주
자 만루 상황에서 병살타를 쳐버리는 장면, 엉뚱한 곳
으로 공을 던져서 아웃카운트를 쌓는 대신 점수를 내주
는 장면이 머릿속을 빙빙 맴돈다.

　야구 경기에는 콜플레이라는 게 있다. 여러 선수가
작은 공 하나를 보며 경기를 하기 때문에 주변에서 소
리를 내어 다음 플레이나 위험을 알려주는 것이다. '앞
에!' 혹은 '빽(back)!'처럼 뜬공의 낙하지점을 말해주
기도 하고, '여기!, 1루!'라고 외치면서 공을 던져줄 베
이스를 알려주기도 한다. 특히 외야 뜬공처럼 공을 쫓으
며 달려야 할 때, 비슷한 거리에 있는 다른 선수들에게
'이 공은 내가 잡을 공이니까 부딪히지 않도록 조심해'
라는 걸 알려주기 위해서 이렇게 외친다. "마이볼!"

　"마이볼! 마이볼을 외쳐야지!"

　지난 경기에서도 감독님께 들었던 말이다. 콜플레
이가 중요하다는 이야기는 감독님과 코치님에게 여러
번 들었다. 서로 다치지 않게, 다음 플레이를 자연스럽
게 해내기 위해, 한편으로는 긴장을 풀기 위해서도 꼭

필요한 게 콜플레이라는 거다. 입 밖으로 소리를 내면서 입도 풀고, '잔발'로 몸을 움직이면서 경기에 집중하려는 의도이기도 하다. 하지만 나는 경기를 뛰면서 '마이볼'을 외쳐본 적이 한 번도 없다.

수비를 못해서만은 아니다. 외야수로 수비 포지션을 바꾸면서 경기 중에 뜬공으로 아웃카운트를 잡기도 했고, 지금 어디로 달려가야 하는지, 공을 어디로 던져줘야 하는지도 알고 있다. 단지, 그 말을 외칠 자신이 없다. 목소리가 나오기 전에 내 머릿속에 먼저 자리 잡는 생각은 바로 이거다.

'내가 실수하면 어떡해? 마이볼이라고 외쳐놓고 막상 내가 잡지 못하면 어떡해?'

《여자가 운동을 한다는데》[7]라는 책에서 이런 구절을 읽었다. 여자들은 이차성징이 나타나면서 어린 시절 친구들과 몸을 쓰며 놀던 말타기나 고무줄놀이 같은 '놀이'를 더는 하지 않고, 이후 주로 하게 되는 운동은 요가나 수영 같은 '나 홀로' 스포츠다. 하지만 남자들은 성인이 되어서도 운동과 놀이를 구분하지 않고 팀 경기

---

7 《여자가 운동을 한다는데》, 이은경, 클, 2020.

를 즐긴다는 이야기였다. '놀이'와 '운동'이 완전히 분리된 여성들은 팀을 이뤄서 함께 플레이를 만들어가는 즐거움을 잊어버린 셈이다.

팀 경기를 해본 경험은 고등학교 체육 시간에 했던 피구가 마지막이다. 그마저도 마냥 즐거웠던 것 같지는 않다. 공을 피하거나 잡고 싶다는 마음보다는 빨리 끝나면 좋겠다는 마음이 더 컸으니까. 그 뒤로 했던 운동들도 재미가 있어서 했다기보다는 다이어트나 체력 증진 같은 목표 때문에 한 것들이었다. 나를 위해 혼자 운동하는 거니까 속도가 느려도, 실수를 해도 내 몫이었다. 하지만 팀 경기는 혼자 하는 운동과는 완전히 달랐다. 내 실수가 다른 이들에게 피해를 줄까 봐 걱정이 앞섰다. 게임을 즐기기보다는 '잘'해야만 할 것 같았다. 긍정적인 압박감은 운동 실력을 향상하는 데 도움을 주겠지만, 다른 이의 시선에 신경 쓰는 건 오히려 운동에 집중하는 걸 방해한다. 나의 엉망진창 플레이가 그 증거다. 실수하면 어쩌나 하는 걱정이 지나쳐 경기 흐름을 읽기보다는 '나 어떡하지' 같은 생각이 머릿속에 가득하고, 그러다 보니 몸이 더 경직되고 만다. 지난번 경기에선 뜬공을 잡아놓고도 내야수에게 제대로 송구하지 못하고 땅바닥에 공을 패대기쳐버렸다. 경기 직전에 했던 캐치볼에서는 힘 있게 잘 던졌는데 말이다.

매주 연습을 나가면서도 어깨는 축 처진 채였다. '잘할 수 있을까'라는 질문을 하다 보면, 마음이 답답해진다. 잘하지도 못하는 걸 왜 계속하고 있지? 그만두는 게 낫지 않을까? 꼬리에 꼬리를 무는 생각을 쫓으며 수비 연습을 했지만 실수 연발이다. 머리를 콩콩 때리며 다시 연습줄에 서는데 반가운 얼굴이 보였다. 1년 넘게 야구단을 떠나 있던 H언니가 인사할 겸 오랜만에 들렀다고 했다.

"지민아, 너 많이 늘었다!"

"늘긴요. 저만 맨날 똑같은 거 같아요. 아직도 경기 나가면 긴장해서 몸이 뻣뻣해져요. 제가 또 실수하면 어떡해요."

언니는 깔깔 웃더니, 축 처진 내 어깨를 두드렸다.

"어깨 좀 펴. 난 공 빠지고, 내가 알 까는 것도 너무 재밌더라. 우리 처음으로 한강에서 친선경기 했을 때 기억나? 난 그날 경기하는 것만으로도 엄청 재밌었어. 그때 우리 엄청 지고 있었는데, 상대팀 선수 붙잡고 더 하고 싶다고 막 그랬잖아. 난 네가 이렇게 계속 야구하는 게 대견하다. 너도 좀 즐겨, 임마."

　다리를 다쳐서 당분간 운동을 못 한다는 H언니에게 오히려 위로를 받았다. 그래, 잘하지 못하는데도 계속 연습에 나오는 나를 조금은 기특하게 여겨주자. 자꾸 출력 오류를 내는 내 몸뚱이를 데리고도 게임을 즐겨보자. 비가 와서 경기가 취소되길 바라기보단 너무나 경기를 뛰고 싶어서 설레는 마음을 갖고 말이다.

　언젠가는 나도 '마이볼!' 하고 자신 있게 외칠 수 있겠지?

오늘이 그날이라

"언니, 나 뒤에 괜찮아?"

시합 전 더그아웃에서 S가 나를 붙들고 엉덩이를 이리저리 흔들어 보인다.

"어때?"

"괜찮아, 안 보여"

괜찮다는 말을 듣고 나서도 S는 몇 번이고 뒤를 돌아본다. 그 마음 알지. 우리 팀 유니폼 바지는 하필 하얀색이다. 경기에 나가 수비를 하려면 몸의 중심을 낮추어야 한다. 그러려면 다리는 벌리고 엉덩이는 살짝 뒤로 빼, 투명 의자에 앉은 듯한 자세를 해야 한다. 몸을 낮출 때마다 마음이 불안해지고, 자꾸만 몸을 다시 세우게 된다. 월경일 얘기다. 매달 내 허락도 없이 집을 지었다 부수고 폐기물을 버려놓고, 나에게 짜증을 내는 그날. 운동이고 뭐고 다 때려치우고 그냥 누워만 있고 싶은 바로 그날.

20대 중반까지는 내 '성질머리'처럼 들쑥날쑥하던 월경주기도 이제는 일정해졌다. 어느 날 스마트폰 알람이 '앞으로 3일 이내에 생리가 시작됩니다' 하면 정말 3일 이내에 생리가 시작된다. 살아온 날이 늘어난 만큼 내 몸의 데이터가 쌓였다. 이 빅데이터를 기반으로 이제는 나에게 최적화된 해결책을 빠르게 찾을 수 있다. '아, 오늘 내 기분이 이렇게 뭣 같은 것은 호르몬의 영향이구나, 저 사람 탓이 아니구나' 하고 마음을 다스릴 수도 있고, '3일 후' 알람에 크런키와 포카칩을 미리 사놓고 PMS(월경전증후군) 예방책을 마련한다. 걷지 못할 정도로 심하던 통증은 아프기 전에 진통제를 먹는 기술 덕분에 견딜 만해졌다.

월경을 시작한 지 20년도 훌쩍 넘었기에 쌓인 에피소드는 무궁무진하다. 학창 시절 수업 시간에 자다가 걸렸는데, 피가 샌 듯한 느낌 때문에 자리에서 일어나지 못해 졸지에 최고 반항아가 되어버렸던 일, 갑자기 생리가 터지는 바람에 요가 수업 중간에 명상하는 사람들 사이를 다급하게 헤치고 나왔던 일, 흡수력 좋다는 생리대를 썼다가 밑이 빠지는 느낌 때문에 길에서 쓰러질 뻔했던 일, 삽입형 생리대를 써보려고 혼자 화장실 안에서 끙끙댔던 일까지…. 무용 전공자인 동생은 영국 발레단 오디션 날 생애 첫 월경을 시작했는데, 경험도 없고 혹시나 밖으로 피가 샐까 봐 산모용 오버나이트를 착용했다가 철갑 팬티를 입은 것처럼 보이는 바람에 오디션을 망쳤다고 했다.

운동선수였던 '언니'들의 예능, 〈노는 언니〉에서도 월경 이야기를 한 적이 있다. 바지가 너무 짧아 패드형 생리대를 못 썼다는 배구선수 한유미나 얇은 재질의 골프복에 비칠까 봐 역시 패드를 쓸 수 없었다는 박세리 선수의 이야기를 들으며 세계적인 운동선수들조차 이런 고민에 에너지를 뺏긴다는 게 속상했다. 남자 선수들이라면 고려하지 않아도 되는 일들이니까. 그래도 예능 프로그램에서 월경 이야기를 자연스럽게 나눈다는 건 반가웠다. 그동안 매체에 등장한 월경은, 여성의 짜증을 설명하는 데 쓰이거나 '마법'이라는 말로 숨겨야 하는 비밀이었으니까.

여자 선수들이 모인 야구 연습일에도 월경 이야기는 빠지지 않는다.

"나 오늘 둘째 날이야. 체력 완전 방전… 더는 못 뛰겠다!"

어쩐지 움직이는 게 평소보다 느릿했던 언니가 이야기를 시작하면, 이제 끝나간다는 사람, 다음 주에 시작이라는 사람들이 말을 잇는다. 누군가 월경통이 있다고 하면, 저마다 효과를 보았던 진통제를 추천하고, 등을 도닥여주기도 하면서 말이다. 동료들이 수비 자세를 취하기 어렵다고 할 때마다 나는 '월경컵'을 추천한다.

월경컵을 사용한 지는 5년쯤 되었다. 경험을 하면 할수록, 이것은 혁명이라며 모든 지인에게 권유하는 월경컵 예찬론자이기도 하다. 비용, 환경, 편리함 등 많은 장점이 있지만, 가장 좋은 점은 월경 기간에도 큰 무리 없이 운동을 할 수 있다는 거다.

"난 좀 무섭던데…"

"출산 경험이 있는 사람들에게만 추천한다고 하더라고요."

월경컵 판매자처럼 열심히 영업을 해봐도 단번에 넘어오는 사람은 별로 없다. 몸에 뭔가를 넣어야 한다는 불안함 때문에 실제 사용하기까지는 장벽이 꽤나 높은 듯하다. 처음 사용할 땐 거부감이 있을 수도 있고, 넣고 빼는 과정에 겪어야 하는 '혈투'가 두려울 수도 있다. 하지만 익숙해지기만 하면 월경 기간의 활동 범위를 넓혀주는 좋은 조력자인 건 분명하다. 피가 나오는 느낌도 없고, 냄새도 나지 않는다. 불안하면 팬티라이너 같은 걸 함께 써도 되지만, 밖으로 월경혈이 새는 일도 거의 없기 때문에 월경 기간에도 평소와 다름없이 생활할 수 있다. 망설이는 친구들에겐 꼭 이 말을 덧붙인다.

"난 절대로 월경컵 이전의 세계로 돌아갈 수 없어!"

월경 중에도 몸을 움직이며 운동하는 게 오히려 기분 전환에 도움이 된다고 한다. 운동할 때 나오는 엔도르핀이 월경통과 우울감을 좀 줄여주는 게 아닌가 싶다. 누워서 꼼짝하지 않고 쉴 때 느끼는 즐거움과는 다른 쾌감이다(물론 그것도 제법 즐거운 일이지만). 가벼운 스트레칭 정도만 해도 무거웠던 몸이 한결 나아지는 느낌이다.

예전엔 월경이 시작되면 운동을 가지 않았다. 그래서 한 달 단위로 운동 이용권을 결제하면 돈이 아깝다는 생각도 들었다. 이젠 어떤 날이든 원하는 만큼 몸을 움직일 수 있다. 월경이 더는 여성들의 운동에 걸림돌이 되지 않으면 좋겠다. 어떤 날이든 마음껏 몸을 움직일 수 있고, 그러다 혹시 운동복에 월경혈이 보이는 일이 있더라도 별거 아닌 걸로 지나갈 수 있으면 더 좋고!

삼진왕의 기분

"그건 쳤어야지!"

가운데에 꽂힌 투수의 첫 공을 그냥 흘려 보냈다.
심판의 스트라이크 콜이 나오자 더그아웃에서 외치는
감독님 목소리에 아쉬움이 묻어난다. 그래, 쳐야 하는
공이었다. 알아차렸을 땐 이미 늦었다. 하지만 마치 이
미 알았던 것처럼, 이게 다 미리 그려둔 큰 그림인 듯 괜
히 고개를 끄덕여본다. 타자인 나를 사이에 두고 투수와
포수가 눈빛으로 사인을 교환한다. 나도 눈을 있는 힘껏
부릅뜬다. 공을 끝까지 보자, 빠지는 공에는 배트 멈추
고, 상체 먼저 나가지 말고… 연습 때 배웠던 말들을 중
얼거려보는 사이, 다행히 볼 하나를 골라냈다.

{ 함께 운동 }

"다이다이 굿아이! 잘 본다!"

우리 팀원들의 응원 소리가 들린다. 안타든 볼넷이든 진루하는 건 같다. 안타를 치는 게 어렵다면 잘 보면 된다. 문제는 그것도 쉽지 않다는 것. 한순간 망설이면 다시 스트라이크존에 공이 들어와버릴지도 모른다. 심기일전, 마음을 다시 다잡고 몸을 흔들흔들 움직인다. 나만의 리듬, 몸의 중심 이동, 힘을 실어 나만의 타격 포인트에서 힘 있게!

"지민 선수! 따라 나가지 말라니까!"

이번엔 헛스윙이다. 몸에 힘이 너무 들어갔다. 치겠다는 생각이 앞서서 상체가 공을 쫓아 나갔다. 내가 가장 싫어하는 폼이다. 나의 부족한 실력에 더해 숨겨진 야망이 동시에 드러나는 느낌이라 두 배로 부끄럽다. 투 스트라이크 원 볼. 불리한 볼카운트에 마음은 더욱더 조급해져만 간다. 이럴 때일수록 침착해야 하는데….

"스트~~~롸잌!"

심판의 콜이 경기장 가득 울려 퍼진다. 루킹삼진만은 당하지 않으리라는 마음에 힘차게 휘두른 배트는 다시 한번 허공을 갈랐다.

삼진아웃. 타석에서 돌아 나오는데 상대팀 포수의

목소리가 귀에 꽂힌다.

"좋아, 지금 공 좋아. 그렇게만 던져."

아… 상대 투수에게 힘을 주고 위로가 되는 나란 존재여.

고개를 푹 숙인 채 더그아웃으로 돌아오는 내게 동료들의 위로가 쏟아진다.

"잘했어, 괜찮아, 다음에 더 잘하면 되지."

"밥을 안 먹어서 힘이 없어서 그래. 힘 좀 내보자."

"긴장 좀 풀어. 맘 편히 먹고 하면 잘할 거야."

나도 잘하고 싶다. 힘내고 싶다. 상대 팀에 힘이 되는 선수가 아니라 우리 팀에 힘이 되는 선수가 되고 싶단 말이다! 하지만 명확하게 기록이 남는 야구라는 스포츠에서 내 위치는 도망칠 수 없는 꼴찌다.

올해 우리 팀 리그 경기는 총 여덟 번이었다. 내 개인적인 목표는 리그 전 경기에 참석해서 경험치를 높이고, 경기 출전에 익숙해져서 가슴 떨림을 조금 완화하는 것이었다. 지금까지 여덟 번 경기 중 일곱 번 출전하며 출석 체크는 열심히 했다. 팀 내 교체 인원이 많지 않아 매번 타석에 섰다. 첫 번째 목표는 이룬 셈이다. 하지만 배트를 들고 내 차례를 기다리고 있을 때마다 언니들이 나를 놀렸다.

"야, 누가 봐도 다음 순서가 넌 줄 알겠다. 얼굴에
다 써 있네."

사색이 된 얼굴, 침통한 표정. 그게 내가 타석에 들
어서기 전 보이는 모습이다. 7번에서 9번 사이인 하위
타선, 타자로서 큰 기대를 하는 선수가 아닌 걸 알면서
도 온 세상 무게는 내가 다 짊어진 듯한 얼굴을 하고 있
다. 잘하고 싶다는 생각은 5% 정도, 95%는 내가 아웃카
운트 하나를 추가하는 선수가 되지 않을까 하는 걱정이
다. 그리고 오늘은 결국 아웃카운트를 보태고 말았지.

경기가 끝나고 함께 밥을 먹는 날이면, 음식 나오
길 기다리는 동안 다들 게임원에 올라온 기록을 확인하
느라 바쁘다. 게임원은 사회인야구 기록 사이트로, 우
리가 하는 경기뿐만 아니라 사회인야구 리그의 거의 모
든 경기 기록이 업로드된다. (보통 리그에 참여할 때 리그
비를 내는데, 여기에 심판 비용과 기록 비용 등이 포함된다.)
사회인야구에서도 기록은 중요하다. 누가 오늘 2루타를
쳤네, 이 선수가 오늘 안타가 두 개네, 오늘 기록으로 타
율이 올랐네… 하는 이야기가 오가는 사이, 나는 굉장
히 한가하다. 확인할 기록이 없기 때문이다. '빵할'. 일

곱 경기에 출전해 열두 타석에 들어섰는데, 나의 타율은 0이다. 빵. 영. 공. 내가 바로 삼진왕!

그나마 다행인 것은 타점과 득점이 있다는 거다. 땅볼을 치고 열심히 1루로 달린 덕분에 3루 주자가 홈에 들어온 적이 있고(타점 1점), 최근 경기에선 수비 실책 덕분에 출루해서 연속 도루한 끝에 1점을 올리는 데 성공했다. 게임원에는 기록을 바탕으로 선수의 능력치를 평가하는 항목들이 있다. 공을 잘 골라내는지를 보는 선구안 부문은 볼넷 출루가 많아야 얻을 수 있고, 콘택트는 배트에 볼을 맞추는 능력, 파워는 3루타나 홈런처럼 장타를 쳐낼 수 있는지, 주루는 출루 이후 얼마나 잘 뛰는지를 본다. 나는 선구안, 콘택트, 파워 항목에서 모두 영점이다. 출루를 해야 도루도 하면서 열심히 뛸 텐데, 한 번밖에 나가지 못해서 주루 점수도 낮은 편이다. 체력 점수가 그나마 높은데, 아마 매 경기 나왔기 때문에 체력이 좋은 줄 아는 것 같다. 기록을 볼수록 한숨이 나온다. 1루 베이스 밟기가 왜 이리 어려울까.

타격은 전신을 쓰는 움직임이다. 책도 읽고 유튜브 영상도 찾아보며 나름 공부를 해서 이론에는 빠삭하다. 준비 자세에선 최대한 힘을 빼고, 편안한 자세에서 공이 오는 타이밍에 맞추어 무게중심을 이동하는데, 몸의 중심이 위아래로 이동하면 안 된다. 뒷다리라고도 부르는, 회전축이 되는 다리에 중심을 싣고 허리와 다리를 회전해 배트에 힘을 전달한다. 팔은 최대한 몸에 붙인 채 몸통을 회전하며 실은 힘을, 공과 배트가 부딪히는 순간에 최대가 되도록 하고, 배트는 앞으로 밀어내듯 쳐야 한다.

상상 속의 나는 외야 펜스 앞까지 장거리 안타를 날린 다음 이를 악물고 3루까지 달리고 있다. 하지만 현실의 나는, 준비 자세부터 온몸에 힘이 잔뜩 실린 채 굳어 있다. 배운 내용을 중얼거리며 몸의 중심을 잡다가도 공을 보면 모든 생각이 초기화되나 보다. 몸의 중심을 낮추고 투수를 바라보고 있다가, 공이 내 앞으로 오면 벌떡 일어나듯 움직이면서 상체가 공을 따라 나가기 일쑤다. 당연히 공은 포수 미트에 꽂히고, 나는 어색하게 다음 자세를 취하고, 머쓱한 웃음이 가면처럼 남는다. 내 몸을 쓰는 일인데, 좀처럼 내 마음대로 되지 않는다.

《야구란 무엇인가》[8]라는 유명한 야구 고전이 있다.

---

8 《야구란 무엇인가》, 레너드 코페트, 이종산 역, 황금가지, 2009.

이 책 1부 1장의 제목은 '타격-예술적 과학, 육체보다 정신이 우선'이다. 타자는 자신을 향해 날아오는 공에 대한 무서움을 이겨내야 한다는 것이 첫 번째 이야기인데, 예전에 읽었을 땐 이런 당연한 얘기를 왜 하나 싶었다. 막상 타석에 서보니 알겠다. 공은 무섭다. 무섭다는 생각이 사라지기도 전에 공은 내 바로 앞까지 날아오고, 나는 몇 번이고 연습했던 자세 대신 공을 따라 나가는 스윙을 하고 만다. 투수가 던진 공이 포수 미트까지 오는 시간은 길어야 1~2초, 배트와 공이 맞닿을 수 있는 면적은 손바닥 크기만큼도 안 된다. 정확한 포인트에 힘을 실어 배트를 휘두르려면 타석에 서기 전에 자신의 스윙을 몸에 완전히 익혀두어야 하는 거다. 그러니까 내가 왜 자꾸 헛스윙을 하는 거냐면…?

왜긴 왜야. 연습을 덜 해서 그렇지.

답도 안다. 알면서도 괜히 원망할 거리를 찾아보고 싶은 것이 삼진왕의 마음이다. 남들보다 느리면 남들보다 더 해야지 별수 있나. 나도 모르던 재능이 숨어 있는 천재이길 바랐지만, 안타깝게도 나는 내가 알던 그대로의 나인걸.

연습으로 몸을 단련하는 것만큼 마음가짐에도 훈련

이 필요하다.《단단해지는 연습》[9]이라는 책에서는, '오늘 반드시 안타를 치겠어'와 같은 결과 목표 대신에 과정 목표를 세우라고 조언한다. 나의 경우엔 이렇게 적용해볼 수 있을 거다. '오늘은 헛스윙 말고 공을 맞추는 데 집중해보자' 혹은 '오늘은 볼과 스트라이크를 구분하는 연습을 한다고 생각하자'는 식으로. 실패를 곱씹으며 삼진왕의 기록을 자꾸 들여다보기보다는, 더 나은 실패를 하기 위해 오늘도 몸을 움직여보자.

---

9 《단단해지는 연습》, 조너선 페이더, 박세연 역, 어크로스, 2016.

유연한 사람

어릴 때부터 유연성이 꽝이었다. 말 그대로 꽝이다. 뽑기에서의 꽝.

'여자애들은 유연하잖아'라는 말을 비웃기라도 하듯, 뻣뻣하기 이를 데 없던 작은 몸은 커다란 목석 같은 몸으로 자라났다. 세 살 어린 여동생은 여섯 살부터 무용을 해서 아무 데서나 다리를 쭉쭉 찢을 수 있었다. 같은 집에 살면서 같은 음식을 먹고, 아주 비슷한 생활 패턴을 가지고 있었는데, 나는 왜 90도로 다리를 벌리는 것조차 힘겨웠을까? 중고등학교 시절 체력장에는 '앞으로 굽히기'라는 유연성 검사 항목이 있었다. 서서 허리를 굽히고 발 아래로 얼마나 내려가는지 길이를 재는 거였는데, 내 팔은 발에조차 닿지 못해서 마이너스 기록이 나왔다. 어릴 때도 유연하지 않았으니 커서는 어땠겠는가!

얼마 전 성인들의 체력장이라고 하는 '국민체력 100[10]'의 체력평가를 해보았다. 한창 운동에 재미를 붙일 때라, '좋은 성적'을 받아서 동기부여를 더해줄 생각이었다. 하지만 결과는 최하 등급인 3등급. 근력이나 근지구력, 순발력과 심폐지구력은 모두 1등급이었지만 유연성이 3등급을 받았기 때문이다. 상담 선생님은 결과지에서 '유연성'에 별표를 3개나 해주며 스트레칭의 중요성을 강조하셨다. 나이가 들수록 유연성은 점점 떨어질 수밖에 없기 때문에 더 신경 써야 한다는 것이었다. 3등급 체력인증서를 받아 들고 나오는 발걸음이 무거웠다. 유연해지고 싶다는 소망은 늘 있었지만 스트레칭할 때마다 느끼는 시큰거림이 싫어 자꾸만 피했고, 그러다 보니 근육은 점점 더 약해졌다. 알고 있기에 더욱 외면하고 싶었던 사실이었다. 그리고 얼마 지나지 않아, 스

---

10 국민체력100: 문화체육관광부에서 운영하는 체력인증센터 및 관련 프로그램. 무료로 체력 검사를 해주고, 평가에 따라 운동 상담 및 처방을 해주는 국가의 운동복지서비스.

트레칭의 중요성을 온몸으로 깨닫게 되는 일이 생기고 말았다.

　우리 야구단 감독님의 야구 철학은 이기는 경기보다 재밌게 즐기는 경기를 하는 것이다. 그러려면 뛰어난 선수 한두 명이 있는 것보다 모든 선수가 고르게 기본기를 갖추는 게 중요하다는 이야기도 항상 함께였다. 우리 팀에는 경험이 많은 선수들과 신입 선수, 선수 출신과 야구 문외한이 섞여 있기 때문에 감독님은 고심 끝에 별도의 연습 시간을 마련했다. 원래 야구단의 공식 연습일은 주말이지만, 월요일 저녁마다 일종의 '나머지반' 훈련이 시작된 것이다.

　나머지반의 열정은 선수와 코치진 모두 대단했다. 월요일 저녁, 피로를 이겨내고 모인 사람들만 열댓 명. 야구단 회비와 별도로 운영되었기에 각자 조금씩 돈을 모아 대관비를 마련하고, 돈이 모자라면 감독님이 추가 지출도 마다하지 않으셨다. 야구를 시작한 지 얼마 안 된 선수가 많아서 캐치볼, 투수조, 타격연습조 등 세부 분야로 나누어 집중 연습에 들어갔는데, 나는 경기 중 송구 실수를 줄이고자 투수 훈련까지 받았다. 야수들의 송구는 받는 사람이 움직이거나 팔을 뻗을 수 있는

넓은 범위 안에 던지면 되지만, 투수는 스트라이크존에 넣어야 하기 때문에 정확도가 중요하다. 투수 훈련으로 감각을 익히면 송구 실력도 나아질 거라는 생각이었다.

투수의 기본 동작은 이렇다.

투구 방향과 수직으로 선 자세에서 몸은 그대로 두고 투구 방향으로 고개만 돌린다. 오른손잡이라면 왼 다리를 무릎까지 접어 올려 무게중심을 이동하고, 공을 던지는 방향으로 몸을 회전해 왼발을 최대한 멀리 착지한다. 그 반동과 함께 허리를 정면 방향으로 돌리고, 동시에 공을 들고 있는 손의 팔꿈치를 최대한 올린다. 그 상태에서 손목을 이용하여 공을 밀어내면서 마지막에 손끝으로 공의 실밥을 긁듯이 채낸다. 공 던지기는 손으로 하는 것 같지만 사실은 전신운동이다. 단계별로 힘의 역할이 있고, 그 힘을 모아 마지막에 전달해주려면 몸을 유연하게 쓸 수 있어야 한다.

"자, 자연스럽게 해봐, 그냥 자연스럽게…"

감독님은 몇 번이고 '자연스럽게'를 강조하셨지만, '뻣뻣인간'에게 자연스러움은 부자연스러움 그 자체다. '물 흐르듯 자연스럽게' 같은 건 없다. 단계별로 한 동작씩 몸을 움직일 땐 설명대로 할 수 있다가도, 동작을 이어 하려면 어딘가 고장 난 로봇처럼 삐걱거리는 내 몸이여. 몸도 제대로 풀지 않고 두 시간 내내 같은 자세를 연습했더니, 이튿날 아침엔 억 소리가 절로 나왔다. 야구가 한쪽 방향의 운동이라는 건 아픈 부위만 봐도 알 수 있다. 왼쪽 허벅다리와 오른쪽 어깨는 움직일 때마다 욱신거리는데, 반대쪽은 멀쩡했다. 이럴 때 스트레칭을 하면서 몸을 잘 풀어주었다면 좋았으련만…. 나는 퇴근하자마자 암장으로 향했다. 몇 주째 떨어지기만 하던, 꼭 풀고 싶은 문제가 있었기 때문이다.

지금 다니는 암장은 2주 단위로 벽의 홀드를 모두 교체하고 새 문제를 낸다. 벽 3개가 돌아가면서 바뀌는 구조라 한 벽에 낸 문제는 6주 정도 유지되는데, 며칠 뒤면 이 벽이 바뀔 차례였다. 쉬면서 천천히 몸을 돌봐야 한다는 생각보다 문제가 사라지기 전에 풀고 싶다는, 조급한 마음이 앞섰다. 스트레칭은 하는 둥 마는 둥, 폼롤러로 다리 몇 번 문지르고는 벽 앞에 섰다. 이 문제는 '런지'라는 동작을 할 수 있어야 했다. 클라이밍의 '다이노'나 '런지'는 보고 있으면 저절로 감탄이 나오는 멋쟁이 동작인데, 간단히 설명하자면 손이 닿지 않는 홀드를 잡기 위해 몸을 날리는 것이다. 두 손 두 발을 다 떼고 점프하면 다이노, 한 발이나 한 손이 닿아 있는 상태로 몸을 날리는 건 런지다. 벽에서 몸을 던지는 사람들을 볼 때마다 '나도 언젠간 저렇게!' 하고 헛된 꿈을 꾸었다. 아슬아슬하게 홀드에 손끝이 스칠 때마다 한 번만 더 붙으면 될 것 같은 마음이 들었다. 오늘이라면, 이번이라면!

자연스러운 척, 다리에 힘을 실어 몸을 빡! 하고 날린 순간, 뱁새가 황새를 따라가다 가랑이가 찢어지듯, 내 햄스트링도 빠직하는 소리를 냈다. 아, 몸 좀 더 풀걸. 매트에 떨어지는 순간 후회가 밀려왔지만 이미 늦은 뒤였다.

다행히 햄스트링이 끊어진 정도는 아니었고, 근육이 살짝 다쳤다며 당분간은 무조건 휴식하라는 명령이 내려졌다. 병원비는 10만 원 이상 깨졌고, 공들여 연습한 것도 물거품이 된 셈이었다. 몸을 안 움직이면 배운 걸 금세 다 잊어버릴 텐데, 자책은 꼬리에 꼬리를 물었다. 스트레칭 더 할걸, 아니 그냥 집에서 하루 쉴걸, 아니 야구 연습 마치고 마무리 운동을 했어야 했어…. 결국 마음도 몸의 문제일까. 굳어진 몸만큼 마음도 얼어붙어 별것 아닌 일로 아이에게 화를 냈다. 너그럽게 받아줄 수 있는 실수였는데…. 그 뒤로 내 눈치를 보는 아이에게 미안해지고, 또다시 자책 모드로 들어가는 악순환! 아! 좀 유연한 사람이 되고 싶다.

몸과 마음을 유연하게 만들기 위해 아침 요가를 해보기로 했다. 아침 요가라는 거창한 이름에 비해 굉장한 약식으로, 유튜브 〈요가소년〉의 15분짜리 모닝 요가 영상을 보고 따라 하는 게 전부다. 무리한 목표를 세우면 며칠 못 가 포기할 게 뻔하기 때문에 기상 시간을 15분만 앞당기고, 채널에 있는 수많은 수련 동영상 중 가장 짧은 걸 골랐다. 이 채널을 운영하는 요가소년은 소년도 아니고, 심지어 조금 무섭게 보일 때도 있는데, 목소리가 좋아서 아침 운동 파트너로 제격이다. 반수면 상태로 매트를 펴고 기지개에 가까운 동작들을 따라 하다 보면 정신도 조금씩 깨어난다. 아직도 발끝에 손이 닿지 않고, 다운도그 자세에선 코가 시큰할 정도로 다리가 당기지만 말이다. 수련을 마무리할 때쯤 사바아사나(휴식 자세)를 취하면 잠시 잠깐 잠의 세계로 돌아갈 위험이 있다. 그럴 땐 요가소년이 특유의 다정한 말투로 이야기해준다. '잠들지 마세요.'

예전에 동네 주민센터에서 임산부 요가 수업을 들

은 적이 있다. 요가가 출산의 고통을 줄이는 데 도움이 된다는 얘기에 찾아간 곳이었다. 선생님은 마음을 평온하게 가지라며 호흡법을 알려주셨지만, 아무리 깊은 숨을 쉬어도 마음속 불안함은 떨쳐지지 않았다. 요가 동작에 집중하기보다는 수업을 듣는 다른 사람들과 나를 비교하고, 혼자 뒤처지는 게 창피해서 괜히 눈치 보기 바빴다. 유튜브 화면 속 선생님은 내 동작엔 아랑곳없이 자신의 수련을 한다. 나 역시 선생님의 시간을 마음껏 되감기하며 내 속도만큼 따라간다. 뻣뻣하다 못해 뻑뻑한 몸을, 기름칠하듯 살살 움직여주다 보면 시끄러운 생각들이 조금 잠잠해지고, 다리엔 뻐근한 감각만 남는다. 후, 깊게 숨을 내쉬며 몸을 조금 더 밀어낸다. 이 짧은 시간은 불균형한 몸을 알아차리고, 들여다봐주는 시간이기도 하다. 앞으로도 어르고 달래가며 오랫동안 고쳐 쓰려면 더 자주 살펴봐줘야지.

일어나자마자 매트를 깔고 누우면 침대에서 함께 자고 있었던 고양이 두 마리가 어느새 매트 근처에 와서 쭉쭉 기지개를 편다. 화면 속 동작을 따라 한답시고 몸을 배배 꼬는 나를 보며 그게 뭐가 어렵냐는 듯 뒷다리를 쭉 들어 제 똥구멍을 할짝거린다. 부러운 녀석들.

고양이를 흉내 내며 고양이자세를 취해본다. 유연함이라는 건 어쩌면 그 정도 여유일지도 모르겠다. 스스로를 혼내기보다 한 번 용서해주는 거. 나의 한심한 동작에도 아침 요가 친구가 되어주는 이 고양이들처럼 말이다.

더그아웃에서

차에서 내리자마자 뜨거운 열기가 훅 덮친다. 운전하는 내내 왼팔이 익어버릴 정도로 강렬한 햇볕이 내리쬐는 날이었다. 경기장 한쪽엔 우리 팀 선수들이 기다리고 있었다. 오랜만에 만난 반가운 얼굴들과 인사하며 간단한 스트레칭을 하고 나니 이제야 야구장에 온 것 같다.

아직 몸이 회복되지 않기도 했고, 일이 바빠서 한동안 야구 연습에도 나오지 못했다. 배우는 속도는 더디고, 잊어버리는 속도는 왜 이리 빠른지. 캐치볼을 할 때 왼손을 어떻게 뻗었는지 벌써 가물가물하다. 그래서 오늘 내 자리는 외야나 타석이 아니라 더그아웃이다.

더그아웃(Dug out)은 경기에 뛰지 않는 선수나 코치진이 대기하는 장소를 지칭하는 말이다. 야구가 대중화되던 1900년대 초반 미국의 야구장에서 관중의 시야를 가리지 않도록 땅을 파서 낮은 곳에 벤치를 두고 대기하던 데서 유래한 말이라고 한다. 사회인야구에선 관중석조차 없는 야구장이 대부분이라 이름만 더그아웃이지, 그저 휑한 공터 한쪽에 옹기종기 모여 있는 일도 많다. 다행히 오늘 경기장에는 컨테이너 박스가 마련되어 있다. 오늘처럼 뜨거운 날에는 에어컨, 선풍기보다 해를 피할 그늘이 감사하다.

　더그아웃이 그저 휴식 공간이라고 생각하면 곤란하다. 선수들이 직접 뛰는 경기장은 아니지만 원활한 경기 운영을 위해 분주히 준비할 게 많다. 공수교대를 할 때엔 포수가 재빠르게 장비를 착용하고 벗을 수 있도록 돕고, 글러브나 배팅 장갑 같은 개인용품도 선수들이 잘 찾을 수 있게 정돈한다. 타석에 들어설 때는 헬멧을 꼭 착용해야 하기 때문에 팀에서 쓰는 공용 헬멧과 공용 배트도 보기 좋게 정렬해둔다. 경기에 나가는 선발 선수와 대기 선수, 타순을 확인하는 곳도 더그아웃이다. 감독님은 경기 전에 선발 선수를 알려주고, 양 팀은 선발 라인업을 적은 '오더지(라인업카드)'를 교환한다. 선수들의 이름이 감독님 필체로 곱게 쓰인 오더지 사본은 타순 확인을 위해 더그아웃 입구에 붙여둔다. 먹지에 눌러쓴 파란색 글씨가 어쩐지 정겹게, 바람에 팔랑인다.

이번 경기에선 우리 팀이 초공이다. 지금까지 팀 전적을 보면 먼저 공격을 할 때 성적이 좋았다. 하지만 하필 오늘 상대는 리그 1위 팀이다. 게다가 이번 리그에서 지금까지 한 번도 진 적이 없다고! 지난달부터 주장을 맡게 된 N언니가 더그아웃 앞에서 모두를 불러 모았다.

"져도 되니까 다치지 말고, 즐기면서 하자. 아자!"

주장의 선창에 팀원 모두가 파이팅을 외치고, 1번 타자가 경기장으로 향했다. 나는 대기 선수인데도 괜히 심장이 쿵쾅거린다.

"플레이!"

심판의 콜과 함께 타자는 타석에 들어서고, 투수는 숨을 고르며 투구판을 밟는다.

"파이팅! 하던 대로만 해!"

"보여줘, 보여줘!"

더그아웃의 경기도 이제 시작이다. 우리 팀 선수들

의 긴장을 풀어주고, 상대 팀 기운에도 눌리지 않아야
한다. 목소리를 한껏 키워 응원 구호를 외친다. 더그아
웃에서 두 시간 동안 하는 입 운동도 운동장에서 뛰는
경기만큼이나 에너지를 쓴다.

"굿 아이! 잘 본다!"

첫 공은 볼이었다. 배트를 휘두르지 않고 잘 참아낸
타자에게 칭찬의 말이 쏟아졌다. 두 번째도 볼. 이후 두
개의 파울 뒤에 낫아웃[11] 상황이 벌어졌다. 스트라이크
판정을 받은 공을 포수가 놓쳤다. 공이 포수 뒤로 한참
을 굴러간다. 잘만 하면 산다! 더그아웃은 한마음이 되
어 외쳤다.

"뛰어!!!"

한 발 늦은 탓에 아쉽게 아웃 되었지만, 돌아오는
선수는 무조건 환호로 맞이하는 게 우리 팀 원칙이다.
잔뜩 풀이 죽어 어깨를 늘어뜨리고 들어온 선수에게 잘

---

11 낫아웃(스트라이크 아웃 낫 아웃): 투 스트라이크 이후에 추가로 스트라
이크 판정을 받았으나 포수가 이 공을 놓칠 경우(잡기 전에 그라운드에 닿은
경우도 포함)를 가리키며, 이때 타자는 아직 아웃 당하지 않은 상태가 되어
1루로 뛸 수 있다. 기록에서 낫아웃+는 출루 성공, 낫아웃-는 아웃을 말
한다.

{ 함께 운동 }

했다고, 괜찮다고 등을 두드리며 '어깨 뿅'을 다시 채운다. 타석에서 가장 안타를 치고 싶은 사람이 누구였는지 모두 잘 아니까.

수비할 때도 마찬가지다. 투수가 던지는 공에 '굿 볼, 나이스 볼'을 외치고, 아웃카운트를 잡아낸 멋진 수비 플레이에 물개 박수를 친다. 수비 시간이 길어져 선수들이 지칠 때면, 더그아웃에선 더 힘을 내야 한다. 목이 터져라 소리를 지르고, 남은 아웃카운트를 외쳐주고, 콜플레이를 돕는다.

경기장에서 선수로 뛸 때는 종종 머릿속이 새하얘졌다. 타석에 들어서면 삼진이 걱정이고, 수비로 뛸 때는 실책이 걱정이었다. 연습한 대로만 하면 돼, 혼자 중얼중얼해봐도 몸이 풀리지 않았다. 시야가 좁아지면 다음 플레이가 제대로 되지 않는다. 외야에서 공을 잡은 다음 빠르게 연결하지 못해서 아웃카운트를 놓쳤을 때, "생각을 해야지!"라는 감독님 목소리에 몸이 더 움츠러들기도 했다. '저 생각 엄청나게 해요. 전 생각이 너무 많아서 문제라고요!'라고 억울한 마음을 속으로만 울부짖었다.

더그아웃에 있으면 마냥 마음이 편할 거 같았다. 경

기장에 나가지 않으면 실수할 일도 없으니, 나 같은 겁쟁이에겐 선수보다 매니저가 더 어울릴지도 모른다고 생각했다. 근데 막상 경기장을 한 번도 밟지 못하니까 몸이 근질근질하다. 실수하더라도 경기장에서 뛰고 싶다. 다음엔 꼭 내가 아웃카운트를 잡아낼 수 있을 것만 같다.

세상에! 내가 이런 생각을 다 하게 된다니. 이것도 어쩌면 더그아웃의 힘인지도 모르겠다.

승리의 감각

S#1.

코로나와 장마로 미뤄졌던 리그 경기 일정이 겨울에 잔뜩 잡혔다. 잠시 잠깐 거리두기 단계가 완화되었던 11월엔 거의 매주 경기가 있었다. 감독님은 '올해는 승리보다 경험 쌓는 게 목표니까 몰수패만 당하지 말자'고 하셨지만, 경기가 계속되고 아깝게 패배하는 날도 생기니까 우리 사이에 은근한 기대가 피어났다. 경기를 하다가도 '이러다 이기는 거 아니야?' 하는 농담이 종종 나왔다. 아무리 처음 참여하는 리그 경기여도 매번 지는 게 즐겁진 않았을 것이다. 좀처럼 늘지 않는 실력에 그저 답답한 마음만 같이 커져갔을 뿐.

그리고 11월 마지막 경기일이었다. 하필이면 출근과 겹쳐서 나는 뒤늦게야 경기장에 도착했다. 경기는 2회 말, 우리 팀은 수비 중이었다. 더그아웃에 가방을 풀고 전광판의 스코어보드를 봤는데, 으응? 나도 모르게 눈을 한 번 비볐다. 2:5? 응원 중이던 팀원을 붙들고 물었다.

"언니, 지금 우리가 이기고 있는 거예요? 진짜?"

"맞아! 오늘 우리 팀 처음으로 더블플레이까지 잡았다니까."

새삼 경기장의 선수들을 바라보니 기운이 달랐다. 표정도 밝고, 경기장 너머로 '할 수 있다'는 에너지가 뿜어져 나오고 있었다. 나도 목청을 드높여 파이팅을 외쳤다. 타석에 선 선수들도 오늘따라 타격감이 좋아 보였다. 스코어는 어느새 6:9, 우리의 마지막 수비 이닝이 되었다. 이번 이닝만 막아내면 이긴다!

감독님이 경기장에 늦게 도착한 나를 긍휼히 여기시어 마지막 이닝에 대수비 선수로 투입되었다. 3루수 뒤편 좌익수, 빠른 안타가 나오면 열심히 뛰어야 하는 자리다. 내가 다 된 밥에 코를 빠뜨리는 건 아니겠지? 긴장과 불안에 휩싸여서 입술이 바짝바짝 말랐다. 투수가 공을 던지며 포수와 합을 맞추는 동안 나도 내야수들과 캐치볼을 하며 몸을 풀었다.

"나 잡을 자신 없으니까 외야로 공 안 넘어오게 다 잡아줘야 돼!"

내 긴장을 풀겠답시고 농담 같은 진심을 담아 내야 선수들에게 부담을 넘겼는데, 놀랍게도 정말 아웃카운트 3개를 모두 내야수들이 잡아냈다. 점수를 내주긴 했어도 최종 스코어는 8:9, 우리 팀 창단 후 첫 승리였다. 다들 흥분해서 목이 터져라 소리를 지르고 서로를 도닥여주었다. 나는 가만히 선 채로 승리 경기의 일원이 된 덕분에 조금 머쓱한 채로 기쁨의 포옹에 끼어들었다.

"오늘 이렇게 열심히 해준 선수들, 응원해준 선수들, 새로 들어온 신입들 너무 고맙고 고생했고…"

감독님의 기쁨에 찬 이야기에 동그랗게 모여 선 선수들이 울컥했다. 아마 누가 보면 우승한 팀인 줄 알았을 거다. 그만큼 값진 승리였다. 공이 뜨면 어디로 가야 할지 갈팡질팡하던 선수들이 더블플레이를 잡고, 공의 낙하지점을 파악하지 못해서 놓치던 선수들이 자리를 잡은 다음 '마이볼'을 외치고, 빠른 볼을 겁내던 선수들이 정확하게 공을 캐치하는 모습은, 우리의 과거를 아

는 우리 자신에게 가장 감동적인 장면이었다. 꼭 이겨서
가 아니라 이렇게 성장한 걸 보는 게 감동적이라고 말
하고 싶지만, 이겼으니까 잘한 것처럼 보이는 걸 어쩌
겠는가. 승패를 겨루는 게임에서 승리하는 건 지는 것보
단 훨씬 즐거운 일이었다. 물론 그 경기의 와중에도 '나
한테 공 오지 말아라, 제발' 하고 마음속 깊이 기도했던
건 비밀로 하고….

S#2.

요즘 우리 가족이 가장 시간을 많이 보내는 곳은 암
장이다. 외식을 하기도 어렵고, 마땅한 놀거리도 없는
코로나 시국에 즐기는 유일한 여가 활동인 셈이다. 마스
크를 쓰고 운동하는 것도 제법 익숙해졌다. 무엇보다 강
이와 나의 경쟁에 불이 붙은 것이 암장에 자주 가는 큰
이유다. 제 아빠랑 둘이 다닐 땐 입을 삐쭉거리며 억지
로 따라가던 강이는 나의 등장에 갑자기 의욕을 불태웠
다. 자기가 대적할 수 없는 레벨인 아빠에 비해 나는 상
대할 만한 라이벌, 아니 이길 수 있는, 더 정확히 말하면
지고 싶지 않은 상대이기 때문이다.

암장의 볼더링 문제는 난이도별로 색상이 다르다.

우리 암장에는 빨주노초파남보에 검정, 무지개까지 9개 그레이드가 있고, 철은 무지개, 강이와 나는 초록 그레이드 정도다. 강이는 나보다 운동을 꾸준히 했고, 몸도 가볍다. 하지만 결정적으로 몸의 길이가 짧아서 풀지 못하는 문제들이 있고, 매번 다시 시작하는 마음으로 몇 개월마다 암장에 돌아오는 암벽 탕아인 나는 좀처럼 실력이 늘지 않았다. 강이는 그런 나에게만큼은 절대 지고 싶지 않아 했다. 우리는 두 달 안에 높은 점수를 내는 사람이 이기는 내기를 시작했다. 초록 문제는 1점, 파랑 문제는 2점, 남색 문제를 풀면 4점이다. 두 달 안에 상대보다 더 높은 점수를 따야만 한다. 내가 이기면 강이는 '말 잘 듣기' 쿠폰 10장, 강이가 이기면 내가 '무조건 용서' 쿠폰 10장을 발행하기로 했기 때문이다.

"엄마, 몇 개 풀었어?"

"지금 초록색 문제 세 개 풀었지."

"난 그럼 파란색 풀 거야! 엄만 이거 못 풀지?"

벽에서 내려와 헉헉대고 있으면 강이가 다가와 내가 어떤 문제를 풀었고, 어디서 떨어졌는지를 캐낸다. 그러고 나서 쉬지도 않고 다시 몸을 벽에 붙인다. 머리 끝에 붙은 조바심이 눈에 보일 정도다. 집에선 유튜브를 보느라 의자와 한 몸이 되어 있어서 무기력한 아이인 줄만 알았는데, 너에게도 이런 면이 있었구나.

집에 돌아오면 달력에 그날 얻은 점수를 적는다. 각자의 이름 옆에 그날 푼 문제와 점수를 합하고, 매일의 점수는 누적된다. 오늘 강이는 총합 18점인데, 나는 겨우 8점이다. 수치로 드러난 승리에 아이의 표정은 의기양양해지고, 거기에 이런 혜택도 있다.

"오늘 내가 쏠게! 엄마 먹고 싶은 거 말해!"

아이의 콧물 묻은 용돈으로 한 끼를 얻어먹고 나면, 나도 승부욕이 꿈틀거린다. 처음엔 아이에게 동기부여를 해주려고 시작한 내기인데, 나도 지고 싶지 않다. 내 퇴근 시간에 맞추어 우리는 암장에서 만나 배고파 쓰러지기 전까지 벽에 매달린다. 손은 초크 가루로 하얗고, 마스크 안은 내쉰 숨으로 습하다. 스스로를 운동 못하는 사람이라고만 생각하면서 목표치를 낮추기만 하던 나에게 성큼성큼 앞으로 나아가는 꼬마 운동 메이트는 굉장한 자극제다. 뛰어도 닿지 않을 것 같은 홀드에도 포기하지 않고 수십 번 뛰어보는 녀석 덕에 나도 한 번 더 벽에 붙는다.

내기 한 달째, 우리의 누적 점수 차는 더욱 벌어졌

다. 점수를 쌓기 위해 강이는 파랑과 남색 문제에 끊임없이 도전했고, 도전한 만큼 승률도 오르고 있었기 때문이다. 나도 더는 1점짜리로는 안 되는 상황이다. 떨어지더라도 높은 점수가 걸린 문제에 붙어야 한다. 힘으로 갈 수 있는 문제들은 어찌저찌 풀어도 균형감각이 필요한 문제는 어림없었다. 클라이밍의 그레이드가 올라갈수록 힘도, 기술도 더 좋아져야 하지만, 가장 중요한 건 어쩌면 용기, 무서움을 이겨내는 것이다. 디딘 발이 불안하고, 잘 잡히지 않는 홀드가 불안해서 떨어지기를 수차례, 마지막으로 딱 한 번만 더 하자는 마음으로 벽에 올랐다. 후들거리는 다리를 애써 밀으며 오른 끝에 이제 남은 건, 톱까지 움직임 하나.

"할 수 있다! 엄마 파이팅!"

라이벌의 응원이 마지막 용기 한 스푼이 되어주었다. 에라 모르겠다, 툭!

"나이스!"

톱에 양손을 대자, 주변에서 함께 운동하던 사람들이 모두 제 일처럼 외쳐주었다. 훨씬 어려운 그레이드의 문제를 푸는 그들에겐 별거 아니겠지만, 그들도 나와 같은 시기를 지나왔기에 이 마음을 아는 거겠지? 함께 팀을 이뤄 운동하는 건 아니어도 아주 느슨한 팀인 것 같은 든든한 기분이다. 매트로 뛰어내리자 선 하나를 훌쩍 넘어버린 듯한 성취감에 저절로 웃음이 나왔다. 마스크 속 잔뜩 올라간 입꼬리를 숨긴 채 박수 쳐준 이들과 일일이 주먹 하이파이브를 했다. 역시 위로보단 칭찬이 제맛이다.

이기고 지는 건 아무것도 아니라고 생각해왔다. 과정을 열심히 하면 된다고 스스로 애써 위로해왔다. 하지만 상대가 있는 팀 경기든, 어제까지의 나와 겨루는 싸움이든, 이길 수 있다면 이기는 게 훨씬 재밌다. 이기려고 악착같이 노력하는 쪽이 마지막 승패를 받아들이는 순간에도 더 즐겁고 말이다.

그래서 오늘도 질 수 없다는 마음으로, 봐주지 않겠다는 마음으로 운동하러 간다.

팀 경기의 맛

1년간 진행되었던 야구 리그도 마무리되었다. 야구 경기를 보기만 하다가 직접 해보면서 생각지 못했던 즐거움과 재미를 느꼈었다. 하지만 바닷바람이 세게 불어오는 흙모래 구장에서 눈을 비벼가며 2시간 경기를 뛰다 보면, 나도 모르게 이런 생각이 든다.

'아⋯ 나 돈까지 내면서 왜 이러고 있지.'

야구장이 자리한 곳이 대부분 시 외곽이다 보니 차가 없으면 가기가 어렵고, 차로 움직이더라도 한두 시간 정도 걸린다. 선수단이 미리 모여 몸을 풀어야 하니까 보통 경기 한 시간 전에 집합이다. 다른 선수들 차를 얻어 타고 가려면 더 부지런히 움직여야 한다. 경기장에

도착했더라도 대기 시간이 한없이 늘어날 때도 있다. 사회인야구는 '끝날 때까지 끝나는 게 아닌' 프로야구와 달리 2시간까지만 경기를 한다. 하지만 이미 시작된 이닝을 중간에 끊을 수는 없어서 아웃카운트 3개를 잡아야 경기가 끝난다. 보통 아침 6시나 8시부터 경기가 열리는데, 오후 4시 경기쯤 되면, 30분에서 1시간까지 경기 시간이 밀릴 때도 있다. 2시간 경기가 끝나면 모두 모여 경기를 복기하고, 다시 차를 얻어 타고 집에 오면 하루가 다 간다. 녹초가 되어 자리에 누워 이런 생각을 했다.

'그냥 집에서 누워 있을걸, 내가 왜 그랬지.'

우리 팀은 목표한 대로 올해 리그에서 몰수패는 없었다. 몰수패는 경기 시작 전에 경기 인원을 채우지 못했을 때 처리되는 일종의 기권패다. 딱 한 번, 차가 너무 밀려 경기에 늦을 뻔한 날이 있었다. 하필이면 그 차에 (나 포함) 선수가 넷이나 타고 있었고, 우리가 없으면 몰수패가 될 상황이었다. 운전하던 언니의 하얗게 질린 얼굴이 아직도 생생하다. 도착 5분을 남기고 비포장도로에 들어섰는데, 뽑은 지 한 달밖에 안 됐다며 일부러 우릴 태워주었던 언니의 새 차는 통통 튀는 만화 속 우주

선처럼 그 길을 거의 날아갔다. 주차장에서 차를 세우자마자 문에서 튀어 나가던 우리를 생각하면 아직도 심장이 덜컹한다. 그래, 그날도 그런 생각을 했다.

'나는 간이 콩알만 해서 야구는 정말 못 해 먹겠다.'

그리고 1년이 지난 지금까지도 매주 연습에 나가고 있다.

토요일인 어제는 아침 6시부터 4시간이나 팀 연습이 있었고, 선수 13명이 참석했다. 궁금했다. 불금을 마다하고 토요일 새벽에 야구 연습을 하는 우리 팀 여자들이.

그래서 우리 선수단 채팅방에 뜬금없는 질문을 던졌다.

"다들 야구 왜 하는 거야?"

"내가 누구의 엄마, 아내, 딸, 며느리가 아니고, 그냥 나인 것 같아서. 크크."

우리 팀에서 다정함을 맡고 있는 주장 N언니가 제일 먼저 대답해준다. 가족 여행에서 돌아오는 길에 야구 연습 오고, 경기 끝나면 친정에 전 부치러 가야 된다며 늘 바쁘게 움직이던 사람이라 그저 정 많고 바지런하다고만 생각했었다. 우리의 야구 유니폼엔 자신의 이름이 박혀 있다. 관계 속에서 불리는 역할이 아니라 온전히 나로 존재할 수 있는 곳, 언니는 거기서 살아 있음이 느껴진다고 했다.

"평일 동안 쌓인 스트레스가 주말에 야구하고 나면 싹 풀리더라고요. 그래서 중독이 된 거 같아요."

남양주에 살면서 일산이나 인천, 시흥까지도 가리지 않고 리그 전 경기에 출전한 H는, 자신의 결혼식 전날에도 경기 참석을 고려했을 정도로 야구 열정이 넘치는 선수다. 투수, 3루수, 제일 힘든 포지션인 포수까지 모두 소화해내는 든든한 선수기도 하다. 그렇게 많은 역할을 해내면서도 오히려 스트레스가 풀리다니…. 한편으론 이해하기 힘들 정도다.

"야구는 중독이라서… 끊어야지 하면서도 계속하게 돼요."

"저도 몇 달 쉬어야겠다고 생각했는데, 결국 한 달만에 이 팀에 다시 들어왔잖아요."

중독이란 단어에 다른 선수들도 한마디씩 덧붙인다. 야구를 그만두려고 속했던 팀에서 나왔다가 우리 팀으로 다시 들어온 선수들도 있다. 좋아함을 넘어 중독이 되어버린 선수들이라 그런지 탄탄한 실력을 갖춰서 배울 점도 많다.

"제가 실수해도 괜찮다고 해주는 사람들이 있는 팀 운동이라서요! 혼자 하는 건 외롭고, 못하면 티가 너무 많이 나요."

"저도 야구 보는 걸 좋아해서 시작했는데, 지금은 야구보다 언니들이 더 좋아요. 모두가 처음에는 실수하지만 사실 한국 사회에서는 그게 용납이 잘 안 되잖아요. 여기서는 그걸 다 괜찮다고 이해해주고, 위로해주고, 응원해줘서 좋아요! 그 덕에 실력도 느는 거 같아요!"

팀에서 젊음을 맡고 있는 선수들은 팀 운동 자체를 좋아했다. 혼자 운동하면 실수도 은근슬쩍 숨길 수 있기에 더 편하다고만 생각했는데, 오히려 각자의 몫을 나눌 수 있고 서로 힘을 합칠 수 있다는 얘기가 인상적이었다.

"야구가 매력이 많죠. 치고, 달리고, 잡고, 던지고…. 아마 배울 게 많아서 더 열심히 하고 재밌는 게 아닐까요? 배우는 즐거움에, 좋은 사람들과 함께하는 즐거움까지!"

혼자 하는 운동이 좋은 날이 있다. 시간을 맞추지

않아도 되고, 신경 쓸 사람도 없고, 그저 나만 잘하면 되니까. 하지만 굳이 일정을 맞추어가며, 경기 내내 '여기, 여기!' 하고 서로를 불러야 하는 야구에서만 느낄 수 있는 무언가도 있다. 우리 팀은 '잘하자'보다는 '즐겁게 하자'가 모토다. 물론 팀 경기가 항상 즐거울 수는 없지만, 경기가 잘 안 풀리는 날도 끝까지 서로 응원해주고 북돋아주려 노력하는 편이다. 20점 차로 진 경기도 이긴 날처럼 신나게 마무리하는 사람들, 그 틈에 함께 들어가 있으면 뾰족하게 날이 서 있는 나도 시나브로 둥근 마음이 된다.

"전 운동도 안 했고, 야구를 좋아한 적도 없었어요. 근데 대학 때 후배가 야구부에 들어갔는데, 여자라 매니저 역할만 했다고 투덜거리더라고요. 그때만 해도 여자가 주축이 된 스포츠 예능도 없었으니까요. 그래서 여자끼리 모인 스포츠 동호회에서 야구를 하는 건 어떤 기분일까 궁금했어요. 호기심에 검색하다가 여기까지 왔네요. 지금은 언니들이랑 하는 게 좋아서 계속해요."

언니들의 사랑을 듬뿍 받는 막내 W는 야구 예능 〈천하무적 야구단〉을 보았던 어린 시절의 기억부터, 지금까지의 이야기를 전해주었다. 하긴, 여자들만 모인 스포츠팀에 낀 채 마흔을 맞이할 줄은, 나도 몰랐던 내 미래의 모습이다.

　"…저는 야구를 하는 이유는 딱히 없고… 걍 내가 잘하고 좋아해서 하는 건데 다들 이유가 있으시군요…"

　진짜 잘해서 우리 팀에서 '멋짐'을 맡고 있는 C의 대답이다. 역시 닮고 싶은 선수다.

　사서 고생이란 말을 들어가면서 야구장을 향할 때, 나도 모르게 회사에서 섀도피칭 연습을 하고 있을 때, 머릿속에선 어떤 장면들을 상상한다.

　내 실력이 쑥쑥 늘어나서 외야 뜬공을 쏜살같이 달려가 잡아낸 어떤 순간, 힘 있는 타격으로 3루타를 날려버린 어떤 순간.

　내 상상 속 장면에서 시선은 뿌듯한 나 자신이 아니라 환호성을 지르는 우리 팀 선수들을 향한다.

　상상 속 지분마저도 앗아간 그녀들이, 내가 아는 팀 경기의 맛이다.

함께하는 운동이 좋은,
이명진

명진은 나와 비슷한 시기에 야구단에 들어왔다. 1~2주 차이로 입단해 나란히 신입 선수였던 우리는 한동안 서로 데면데면 인사만 하는 사이였고, 비슷한 나이대에 술을 좋아한다는 이유로 지금은 종종 메시지를 주고받고 통화도 하는, 제법 가까운 사이가 되었다. 낯선 사람들 사이에 끼어 있는 게 두려웠던 나와 달리, 명진은 새 사람을 만나는 데 스스럼없었다. 시간이 날 때마다 선수들에게 연락을 돌리고, 이제 막 시작한 초보 선수들을 태워 배팅장에 가고, 나이를 핑계로 한 발 빼려는 언니들을 만나 밥 먹고 술마시며 붙잡기도 한다. 임원진이 공석이라 다들 나서지 못하고 쭈뼛거리기만 할 때, 명진이 제일 먼저 총무를 하겠다고 나섰다. 경기 일정을 챙기고, 회비, 대관비, 스포츠보험 가입, 카풀 조까지 꼼꼼하게 챙긴다. 연습이나 경기가 있는 날엔 아이스박스에 얼음과 음료수를 가득 채워 싣고 오고, 경기에 선발투수 출전까지!(사실 이 부분이 가장 부럽다.) 처음엔 성큼성큼 관계의 거리를 좁혀나가는 그의 스타일이 낯설기도 했고, 항상 에너지 넘치는 모습에 금세 나가떨어지지는 않을까 걱정이 됐던 것도 사실이다. 하지만 명진은 2년이 지난 지금까지도 든든한 총무로 활약 중이다. 대체 야구는 그에게 무엇일까? 묻고 싶었던 게 많았다.

지민: 운동을 하겠다고 생각했을 때, 여자 야구는 처음부터 떠오르는 종목은 아닌 거 같아. 넌 왜 야구단에 오게 됐어?

명진: 원래는 테니스를 했었어. 예전에 TV에서 〈나 혼자 산다〉를 보다가 전현무와 헨리가 테니스를 하는 장면을 봤거든. 그 전에도 살짝 관심이 있었는데 그걸 보고 해봐야겠다 생각했어. 사실 남편에게 운동을 시키려는 목적이 더 컸어. 운동하라 해도 혼자서는 안 가서. 한 2년 동안 남편과 같이 테니스를 하다 보니까, 이제 내가 원하는 걸 하고 싶더라고. 운동을 좋아하긴 하는데 테니스는 내가 좋아하는 운동은 아니었거든. 난 같이 뛰고, 끈

끈함이 있는 운동이 하고 싶었어.

지민: 팀 운동도 여러 종류가 있잖아, 그중에서 야구를 택한 이유가 있어?

명진: 사실 처음엔 축구를 하려고 했어. 검색했더니 근처에 여자 축구 하는 데가 있더라고. 근데 막상 가려고 하니까 사진 속 팀원들이 좀 무서워 보이기도 하고,(웃음) 축구는 많이 뛰어야 하는데 내가 다리가 별로 안 좋아서 무리일 거 같았어. 그래서 다른 게 뭐가 있을까 생각하다가, 예전에 친오빠랑 캐치볼을 했던 게 생각난 거야. 그때 내 공을 받았던 오빠가 '공이 묵직한데'라고 말했었거든. 지나가는 말로 했을 수도 있고, 잊어버려도 그만인 말이었을 텐데 그게 기억나서 동네 여자 야구를 검색해봤지. 그랬더니 우리 팀이 나오더라고. 그래서 카페에 글 올리고 감독님께 물어보고 하면서 나오게 됐어.

공이 묵직했던 명진은 나오고 얼마 되지 않아 우리 팀의 투수가 되었다. 사실 명진과 빨리 친해지지 못했던 건 부러워서였는지도 모른다. 서로 어색하게 인사하며 같이 내야 연습을 하던 사이였는데 갑자기 한 명이 투수조로 차출되다니! 괜히 어설픈 내 자세가 더 못나 보였다. 명진은 입단 이후 연습을 거의 빠지지 않고 매주 참석하기도 했다.

지민: 처음에 네가 정말 열심히 해서 놀랐어. 매주 연습 나오고 뒷풀이 모임이나 번개에도 다 참석하고….

명진: 나는 운동을 하러 나왔지만 사람을 만나고 싶다는 마음도 있었어. 한창 일할 때는 안 그랬는데 일을 아르바이트 수준으로 조금만 하게 되니까, 뭔가 소속감이 필요했달까? 일할 땐 별로 그런 생각이 없었던 거 같아. 한동안 교회에서 초등부 교사도 하면서 교회 일을 열심히 했는데, 올해는 코로나 때문에 못 나가기도 했고.

지민: 나는 비사교적인 친구들 사이에선 가장 사교적이라(웃음) 내가 사람을 좋아한다고 생각했는데, 야구단에서 다른 사람 챙기고 연락하고 하는 사람들 보고 나선 난 아무것도 아니구나 싶더라.

명진: 지금은 일을 쉬니까 그럴 여유가 됐던 거 같아. 우리 팀은 내가 지금 제일 소속감을 갖는 곳이기도 해. 우리 팀이 이기는 것보단 즐겁게 야구하자는 생각으로 모인 팀이잖아. 새로운 선수들이 들어오고, 그런 분위기를 편안해하는 거 보면 좋고, 우리가 상승세를 타고 있는 거 같아. 경기에서 이기고 지는 것보다 팀원들이 호흡을 맞춰가는 게 중요한데 지금 그런 게 좋더라고.

지민: 지금 너의 주 포지션이 투수잖아. 마운드 올라가서 공 던지다 보면 야수들이 실책할 때 속상하진 않았어? 사실 내가 찔려서 물어보는 거야.

명진: 사실 하나도 기억 안 나.(웃음) 내가 볼넷 준 것만 중요하지 다른 건 생각이 안 나더라고.(웃음) 경기할 때는 그냥 내가 어디로 백업을 가야 되는 거더라, 그런 것만 생각해. 감독님이 더그아웃에서 '공을 치게 줘야지!'라고 말씀하시는데, 내가 치게 못 주니… 연습할 땐 공이 괜찮은데 마운드에 올라가면 잘 안 되더라고, 팔꿈치가 자꾸 떨어지고. 그게 고민이지, 뭐.

솔직히 투수는 야수보다 훨씬 부담이 큰 자리다. 투수가 공을 던질 때까지 모든 야수가 그의 손끝만 바라보고 있다. 투수의 볼 속도에 따라 경기 리듬도 달라진다. 연습할 땐 항상 스트라이크존에 공을 던지던 명진은 타자가 앞에 서 있으면 공이 마음처럼 나가지 않는다고 했다. 야수 자리에 서서 굴러오는 공을 잡을 때도 마음이 쿵쾅거리는데, 남들보다 한 계단 위인 마운드에 올라서면 어떨지. 내가 실수하면 어쩌나 하는 걱정 때문에 경기를 좀처럼 즐기지 못하는 나와 달리 명진은 한 팀이 되어 운동하면서 기쁨이든 슬픔이든 함께 나누고 같이 만들어간다는 느낌이 훨씬 좋았다고 했다.

지민: 야구는 그럼 여기 와서 처음 한 거야?

명진: 아주 어릴 때 동네에서 논 거 빼면 처음이었지. 프로야구 보는 사람도 아니었고. 그래서 아직도 야구 룰을 잘 몰라.(웃음) 어렸을 때는 동네에서 밤까지 놀잖아. 그러면 트랙을 한 바퀴 돌아. 논길 트랙을.(웃음) 난 완전 시골에 살았거든. 밤 되면 남아 있는 애들이랑 또 뛰고. 그때 주먹야구를 했었어, 주먹야구 알아? 그냥 공터에서 투수 없이, 테니스공을 자기가 던지고 주먹으로 치

186

는 거야. 워낙 뛰는 걸 좋아했던 거 같아. 어릴 땐 육상 도 했는데, 시골에선 잘하다가 큰 데 나가니까 잘 안 돼 서 그만뒀어.

지민: 나름 선출이었네?(웃음) 육상 그만두고 다른 운동 도 했었어?

명진: 춤췄어.

지민: : 춤? 어떤 춤?

명진: 진짜 스트리트댄스?(웃음) 길에서도 추고, 고등학 교 때는 다른 학교 오빠들이랑도 추고, 명동 밀리오레 앞에서도 추고. 그땐 진짜 열심히 췄지.

지민: 오오~! 춤! 내가 밀리오레 앞에 가서 봤던 무대 위 에 네가 있었던 거야? 감독님이 야구는 춤추듯 해야 한 다면서 춤 잘 추는 사람이 야구도 잘한댔는데, 역시! 그 럼 춤은 어떻게 추게 됐어?

명진: 친구랑 학교 탈의실에서 둘이 춰보고 그랬어. 나이키 동작 한다고 둘이 연습하고. 그때 핸드폰이 있어, 유튜브가 있어? 그냥 집에서 TV 보면서 연습한 다음에 학교에서 서로 보여주면서 어제 내가 연습한 거 봐봐, 막 이러면서 했지. 〈인기가요〉 같은 거 녹화해서 보고 또 보면서 연습하고, 나중에 가수들이 콘서트 녹화 영상 파는 거 사서 보기도 하고.

지민: 야구하는 것만 봐서 그런지 상상은 잘 안 된다.(웃음) 주로 어떤 가수들 춤을 따라 춘 거야?

명진: 초등학교 때 룰라의 '프로와 아마추어'가 시작이었나? 아빠 재킷 같은 거 입고 머리에 두건 쓰고 흉내 냈지. 그다음엔 듀스, 영턱스클럽, 젝스키스, HOT, 유승준… 그러다가 다른 학교 오빠들이랑 춤추기 시작하면서는 음악을 만들어서 했어. 오빠들이 컴퓨터로 만들더라고. 우리한테 들려주면 '와 좋다' 하면서 바로 만들어서 춤추고. 그때 우리 시골 동네 읍내 사거리에 헬스장이 있었거든. 거기 거울 있잖아. 그래서 거길 빌려서 맨날 춤 연습 했어. 나름 콘서트도 하고.(웃음) 그때 같이

춤췄던 사람들 중엔 지금 유명해진 사람들도 있어.

지민: 갑자기 그 시대가 확 느껴진다.(웃음) 인기도 많았을 거 같은데?

명진: 학교에서 선물 주는 애들 있었지.(웃음)

지민: 그 정도면 진짜 맘먹고 춤췄던 거 같은데, 왜 계속 안 췄어?

명진: 한창 학교 대표도 하면서 춤추다가 고3이 됐는데… 선생님들이 자격증부터 따야 된다고 하더라고. 난 상고 다녔는데 3학년 되면 취업 나가려고 준비하거든. 그때 휙 돌아선 거 같아. 아, 이제 돈 벌어야겠구나 하고. 그때부터 공부하기 시작해서 자격증 세 개 따고 2학기 때 바로 취업했어. 일도 하고 춤도 추겠다는 생각은 못 했고, 그냥 돈 버는 데만 열중했지. 그냥 그거 하나만, 돈 벌어야 한다는 생각만 했어. 고3 때부터 춤을 안 추었더니 옆에서 챙겨주던 사람들과 선물 주던 애들도 없어지더라고.(웃음) 처음엔 적응이 안 됐지. 그땐 진짜

열심히 했는데 나중에 사진 보면…(웃음) 그래서 사진도 다 버리고 그랬어.

지민: 그렇게 몸 움직이는 걸 좋아하는데, 취업하고 나서는 일만 한 거야?

명진: 내 일이 몸을 움직이는 일이잖아. (명진은 이탈리안 레스토랑에서 요리사로 일한다.) 요리할 땐, 파스타 만들 때도 손 움직이는 동작 있는 거 알지? 그렇게 계속 움직여서 그랬는지 따로 운동하고 싶다는 생각이 없었어. 일 끝나면 술이나 마시고.(웃음) 그러다가 아이 낳고 나서 일도 줄이고, 애가 크면서 시간이 생기니까 다시 운동하게 된 거지.

　　명진은 요즘 일주일에 3일만 출근한다. 아르바이트로 일하기 때문에 하루 4~5시간 정도, 점심용 파스타와 피자를 만든다. 퇴근하고 집에 가면 아이가 유치원에 갔다가 돌아올 시간이다. 주말에 야구 경기에 나가려면 평일에 바지런히 집안일을 해두어야 해서 퇴근 후에도 바쁘다.
　　우리 야구단에는 나와 명진을 포함해서 아직 어린 아이를 키우는 선수가 다섯 명 있다. 남편이 주말마다 근무를 하는 친구는 매주 아이를 데리고 연습과 경기에 참석한다. 나와 명진도 종종 아이를 데리고 경기장에 갈 수밖에 없는 날들이 생긴다. 팀원들은 돌아가며 아이들을 돌봐주고 예뻐해주지만, 아이 돌봄이 내 몫인 날에는 쉽사리 경기 참석 버튼을 누를 수가 없다. 남자 사회인야구 선수들도 이런 고민을 할까? 애들을 집에 두고 나왔다는 생각에 같이 밥도 먹지 못하고 서둘러 집으로 돌아가야 할까?

지민: 여자가 야구 한다고 하면 아직도 신기하게 보는 사람이 많잖아. 네 주변엔 어때?

명진: 지금도 그래. 오늘도 일하는 데서 '저 이번 주에 동구청장배 대회 나가요' 했더니, 남자들 대회에 나가냐고 묻기도 하고. '야구를 직접 한다고, 니가?' 이러는 사람도 있어. 그래서 여자들끼리만 하는 대회예요. 원래 18개 팀인데 이번엔 14개 팀만 해요, 이러면 다들 놀라지.

지민: 요즘엔 여자 야구도 많이 알려지긴 했는데, 야구가 기술 운동이고 익숙해지는 데 시간이 걸리다 보니까 진

입장벽이 높은 거 같아. 경기 시간에 인원을 채워야 하니까 한창 일로 바쁘거나 아이 키우느라 바쁜 사람들은 더 참석하기가 어렵고.

명진: 그치. 우리 팀에 있는 어린 친구들 보면 그래서 신기하기도 해. 한창 바쁠 땐데 여기 어떻게 나올까 싶고. 아이 엄마들은 눈치도 많이 보잖아, 주말마다 나와야 되니까. 다들 야구를 좋아하고, 또 우리 팀을 좋아하니까 일부러 시간 내려고 애쓰는 거지. 그렇게 연습해서 실력이 느는 거 보면 좋고, 또 언니들이랑 수다 떠는 것도 좋고. 뒷풀이도 좋은데… 코로나 밉다…!

명진은 야구를 하기 전, 혼자 달리기도 해보고 친구를 따라 요가 학원에도 가봤다고 한다. 그리고 내린 결론은, '난 혼자 하는 운동보다 같이하는 걸 좋아한다'였다. 명진은 농담처럼 자신을 우리 팀의 '도가니'라고 부른다. 우리 몸의 연골처럼 팀 내에서 사람들을 이어주고 도와주는 역할을 하겠다는 뜻이다. 경기장에서도 '도가니'가 되겠다며 투수뿐만 아니라 내외야 수비, 포수 연습까지 하는 걸 보면, 어디서 저런 에너지가 나오는 걸까 신기하다. 부디 그 에너지가 닳아 없어지지 않고 오래오래 같이할 수 있길 바란다.

매일의 운동

숨이 차도록

'으… 머리 아파.'

숨을 내쉬자 방 안이 술 냄새로 가득했다. 희미한 어제의 기억이 두통과 함께 몰려온다. 술에 관한 흑역사야 책 몇 권을 쓰고도 남겠으나, 최근엔 운동인으로 거듭나며 잘 지내던 중이었는데…. 야근을 마치고 집에 돌아오니 9시 30분. 뭔가 보상 심리가 발동하는 시간이었다. 그대로 퍼져 잠이나 자는 것이 나를 위한 최대의 보상이었음에도 실수를 반복하는 나란 인간은 왜 나쁜 선택을 하고 만 것인가!

'피곤하니 맥주나 한 캔 하고 잘까?'에서 시작해서 '그래, 내일은 휴일인데 맘 편히 많이 마시면 좀 어때'까지 생각이 흘러가는 데 5분도 걸리지 않았다. 퇴근할 땐 그렇게 무겁기만 하던 몸이, 집 앞 단골집으로 마라탕을 포장하러 갈 땐 왜 그렇게 경쾌하고 가벼운 발걸음이 되어버렸는지! 마땅히 사람을 만나기도 어려운 시국이라 나는 1인 마라탕과 소주로 술상을 차렸다. 기억에 남은 건, 소주의 첫 모금이 차고도 달았다는 것, 얼큰한 마라탕이 술과 너무나 잘 맞았다는 것뿐이다.

그러고 나서 다시 아침을 맞았다. 일어나 앉으면 머리가 아프고 누우면 숙취가 몰려오고, 좀비처럼 '그오오…' 하는 뜻없는 외침과 함께 침대와 화장실만 간신히 오갔다. 어기적어기적 걷는 사이, 우리 집 어린이의 차가운 시선이 꽂힌다.

"으이그, 엄마 술을 얼마나 마신 거야!"

일장 연설 같은 잔소리를 들어도 반박할 수 없을 정도로 뻗었다. 가만히 누워 천장을 바라보며 인생을 돌이켜보았다. 도대체 어디서부터 잘못된 걸까. 분명 얼마 전까지만 해도 나는 매일 꾸준하게 운동하는 데 희열을 느끼던 사람이었는데 지금은 왜 다시 오후 3시까지 침대에서 몸을 일으킬 수조차 없는 알코올중독자로 돌아와 있는가.

이제 운동은 습관이 되었다며 오만하게 굴었다. 하

지만 습관은 만들기가 어렵지 무너지는 건 너무 쉬운 일이었다. 코로나19로 실내 체육시설은 문을 닫았고, 지칠 줄 모르고 내리던 비 때문에 밖에서 달리기도 어려웠다. 남은 건 온전한 나의 의지로 해야 하는 홈트뿐이었는데, 나는 의지라곤 없는 인간이었다. 그동안 나에게 재밌는 운동만 간신히 해왔던 거다. 소중히 모아온 나의 근육들 역시 시나브로 사라져버렸다.

"코로나로 인하여 이번 주 리그 경기는 취소합니다."

"정부 방역지침에 따라 배팅장은 일주일간 문을 닫습니다."

"한숨을 백만 번 내쉰 뒤 이 글을 씁니다. 정부 정책에 따라 8월 3o일부터 9월 6일까지 센터는 영업을 중단합니다."

지난 며칠간 받은 문자메시지에 마음이 더 가라앉았다. 회사 일도 그랬다. 계획한 일들은 정부 지침이나 방역 조건에 따라 자꾸 뒤집혔고, 처음 해야 하는 일들에 동료들도 예민해져 있었다.

그래. 줄줄이 읊어봐야 다 술 마신 핑곗거리다.

술김에 야구단 동료 명진에게 메시지를 보냈었다.

인스타그램에 '#야구권태기'라는 해시태그를 달고 울적한 글을 잔뜩 써두어 마음이 쓰였다.

> **지민** 나한테 힘내라더니 너는 왜 권태기야?

> **명진** 나 요즘 센치해.

> **지민** 코로나 블루야?

> **명진** 더 쎈 거 없어? 코로나 블랙이나 코로나 퍼플 정도?

> **지민** 많이 힘들어?

> **명진** 남편은 재택근무고, 애 유치원은 휴원이야.

명진의 우울함이 절로 이해되었다. 나처럼 집에만 있는 걸 좋아하는 사람에게도 힘든 시기인데, 명진처럼 사람 만나는 걸 좋아하는 사람들은 오죽할까. 코로나19로 일상의 풍경이 이렇게 달라질 줄은 몰랐다. 나아질 거란 기대도 어느 시점부터는 바닥난 느낌이고, 온통 기운 빠지는 뉴스들 사이 울적함만 늘어나는 것 같다.

요즘 몸을 움직이는 일이라고는 순수 100% 내리막길인 퇴근길을 따릉이를 타고 내려오는 게 전부다. 회사 주차장에 따릉이 정류장이 있고, 집에서 100m 거리에 있는 중학교 앞에도 정류장이 있어서 오히려 걷는 구간은 짧아졌다. 처음엔 코로나19 시기에 사람 많은 버스에 타는 게 께름직해 자전거를 타기 시작했는데, 익숙해지니 혼자만의 시간이 좋았다. 내리막길을 따라 신나게 페달을 밟으며 팟캐스트나 케이팝을 듣는다. 시원한 바람이 마스크를 뚫고 스쳐 지나간다.

출근도 가끔 자전거로 했다. 하지만 퇴근길이 온전한 내리막길이라는 건, 출근길은 끝없는 오르막길이란 뜻이기도 하다. 안 그래도 가기 싫은 출근길이 자전거로 달린다고 신날 리가 없다. 내 몸이 만들어내는 에너지 대신 문명의 이기를 빌렸다. 바로 전기자전거. 지난겨울 동네에 등장한 공유 전기자전거는 이용료가 15분에 1,200원이라 가까운 거리를 이동할 땐 오히려 버스보다 가격도 싸고, 따릉이처럼 정류장이 정해진 게 아니라 구역 내 어디든 세워도 된다는 게 장점이었다. 하지만 워낙 오르막과 작은 골목이 많은 우리 동네에선 전기자전거를 이용하려는 사람이 많은 편이라 집 근처에서 자전거를 잡기가 쉽지 않았다. 덕분에 아침에 눈을 뜨자마자 앱을 켜고 자전거의 위치를 확인하는 게 습관이 되었다.

그날 아침은 '운수 좋은 날'이었다. 비몽사몽간에

앱을 켰더니 집 바로 앞에 배터리가 꽉 찬 전기자전거 한 대가 있는 게 아닌가! 그사이 누가 낚아챌까 봐 서둘러 출근 준비를 해서 나왔다.

윙~ 페달을 밟자 모터가 돌아가는 소리가 들렸다. 이 전기자전거는 페달을 밟는 만큼 모터에 힘이 실리는 방식이다. 누가 뒤에서 세게 밀어주는 기분이다.

그런데 5분쯤 달렸을까? 평소 같으면 훨씬 더 빠르게 달릴 수 있는 길이 묘하게 느린 느낌이 들었다. 이제부턴 경사가 가파른 오르막을 가야 하는데, 페달을 아무리 밟아도, 기어를 1단으로 끌어올려 봐도 모터는 윙 하고 일하는 척 효과음을 낼 뿐, 나를 도와줄 생각이 전혀 없는 듯했다. 망했다. 힘을 낼 수 없는 모터는 자전거에 사람 하나 더 싣고 달리는 것만큼 무거웠다. 자전거를 두고 다시 버스를 갈아타기엔 시간이 빠듯했고, 택시를 타자니 왠지 억울한 마음이 들었다. 까짓것, 갈 때까지 가보자!

어제 내린 비가 땅을 촉촉하게 적셔놓았다. 가을이라 바람이 선선하고 날도 시원했는데, 아침에 쨍한 햇빛과 섞이니 젖은 바닥은 사우나 못지않은 열기를 뿜어냈다. 자전거가 100kg도 넘는 것처럼 느껴졌다. 마스크를 벗지도 못하는데 호흡은 점점 가빠지고, 페달을 밟을 때마다 허벅지가 터질 것만 같았다.

결국 땀으로 온몸을 적신 채 페달을 밟아 간신히 지각을 면했다. 사무실에 도착하니 '이 날씨에 웬 땀이…'란 눈초리가 날아온다. 하루 종일 써야 하는 마스크는 이미 비말로 범벅이 되었고, 땀에 젖은 스포츠브라의 축축함은 무게를 잴 수 있을 것만 같았다.

그런데,

안경 아래로 뚝뚝 떨어지는 땀을 닦는데,

참지 못하고 아무도 없는 화장실에서 마스크를 내리고 밭은 숨을 내쉬는데,

후.하.후.하

턱까지 찬 숨을 내뱉는 동안, 아침까지도 지저분하게 얽혀 있던 생각들이 멀리 달아났다.

갑자기 입꼬리가 제멋대로 올라갔다.

"땀 흘리니 좋네, 조금은."

거울에 비친 엉망진창 몰골을 보며 조용히 읊조려 보았다.

달리는 마음

아침에 출근하면 창밖을 바라보며 커피 한 잔을 마신다. 서울시 외곽, 북한산 근처에 있는 일터에서는 창밖으로 산봉우리들이 정면으로 보이기 때문이다. 초록빛 나무에 둘러싸여 듬성듬성 자리 잡은 바위들을 보고 있으면 삭막한 회사 생활에 조금은 숨통이 트이는 듯하다. 비가 오는 날 안개에 뒤덮인 산자락도 볼 만하지만, 역시 최고는 가을이다. 구름 한 점 없는 푸르른 하늘에 단풍 든 나뭇잎들이 울그락불그락 산을 수놓으면, 나도 모르게 자리를 박차고 일어나 이렇게 외치고 싶다.

"저 오늘은 더 못 앉아 있겠습니다. 이만 퇴근합니다!"

하지만 직장인에게는 오늘보다 내일이 더 중할 때

도 있기에, 공손함과 격식을 더해 반차 서류를 작성했다. 온갖 삶의 회한이 밀려왔던 월요일 오전이었지만 곧 퇴근이라는 희망에 일도 능률이 쑥쑥 오른다. 매일 이렇게 네 시간만 일한다면 정말 충실한 일개미가 될 수 있을 텐데….

오전 9시부터 오후 1시까지 쉬는 시간도 없이 일을 마치고 퇴근 카드를 찍었다. 따릉이 한 대를 빌려 내리막길을 달린다. 신나게 페달을 밟는 동안 뜨거운 햇빛 덕분에 등판이 뜨끈하고, 그늘에만 들어서도 금세 서늘해지는 게 완연한 가을이다. 평일 휴일이 생긴 김에 경찰서에 들러 운전면허증도 갱신했다. 서류에 도장을 찍는 경찰관들을 보며 콧노래가 나왔다. '여러분은 근무 중이죠? 난 아닌데!' 상대는 알아보지 못할 만큼만 얄미운 표정을 마스크 안쪽에 가득 짓고, 다시 자전거를 타며 가을바람을 만끽했다.

딱히 계획을 세우고 휴가를 낸 건 아니었다. 한숨 잘까 하고 침대에 누웠는데 창밖으로 보이는 가을이 어쩐지 아까웠다. 딱 30분만 뛰고 올까?

얼마 전부터 동네를 트랙 삼아 달리기를 시작했다. 몸을 계속 움직이지 않으면 몸도 마음도 한없이 처질 것만 같아서였다. 한창 더웠던 여름엔 가족들과 밤 산책 겸 동네를 한 바퀴 걸었는데, 오래된 동네 골목의 독특한 정취 덕에 한 시간씩 걸어도 지루하지 않았다. 어떤 골목에 들러서면 대추나무가 반겨줬고 그 옆 골목엔 장미 덩굴이 가득했다. 간신히 형체만 남은 옛날 간판을 구경하는 재미도 쏠쏠했다. 달리기를 위한 트랙이 있는 건 아니어서 길이 좋지는 않았지만 구경거리가 많아 달릴 만했다. 처음엔 4km를 뛰는 걸 목표로 삼았고, 어느 정도 버틸 수 있게 되고부터 거리를 조금씩 늘려나갔다. 일주일에 많으면 두 번, 적어도 한 번은 뛰었다. 달리는 거리를 조금씩 늘리고, 달리기 앱에 기록된 평균속도를 올리려 애쓰면서 나름의 꿈을 꾸었다. 언젠간 마라톤에도 나가볼 수 있을까? 하루키가 지펴놓은 '글쓰는 사람의 달리기'라는 로망이 나에게도 남아 있었다. 풀코스 완주는 무리겠지만, 10km 경기에라도 나갈 수 있다면 좋겠지? 하지만 아직은 8km만 뛰고 돌아와도 완전히 녹다운이다.

달리기를 위해 다이소에서 전대도 샀다. 배에 찬 전대에 휴대폰과 카드 한 장을 집어넣는다. 이어폰에는 미리 준비해둔 러닝용 음악을 틀고, 거리와 속도 측정용

앱을 켜면 준비 끝이다. 평일 낮이라 그런지 달리던 코스에 사람이 적다. 아무도 없는 길에선 마스크를 내리고 심호흡을 했다. 발길이 닿는 대로 달리다 보면 골목골목이 새롭다. 오늘 고른 길은 유달리 오르막이 많았다. 금세 허벅지가 팽팽해졌다. 가쁜 숨을 몰아쉬니 그나마 머리에 남아 있던 잡생각마저도 사라졌다. 오로지 호흡이다. 후, 하, 후, 하.

3o분쯤 달리고 잠시 멈춰 섰다. 지도를 보니 여기서 집으로 돌아가면 대충 목표한 만큼 뛸 수 있을 것 같았다. 왔던 길로 가기는 심심하고, 새로운 길이 없을까 살피는데 눈앞 야트막한 동산 사이에 작은 오솔길이 보였다. 산을 질러가는 것이니 거리는 짧겠지만, 오르막이 만만치 않아 보였다.

'그래도 산을 질러가면 시원하겠지?'

이왕 나온 거 시원한 가을바람을 만끽하겠다는 생각으로 산으로 향했다. 잔뜩 쌓인 낙엽 덕에 길이 푹신푹신했다. 오르막 계단을 낙엽을 밟으며 걷고 있는데, 갑자기 언덕 위에 무리를 이룬 사람들이 엄청난 속도로 달리는 게 보였다.

"와, 빠르다!"

어림짐작해도 경사가 50도는 되어 보일 정도로 가
팔랐는데, 저렇게 빠르게 뛸 수 있다니 놀라웠다. 트레
일러닝을 하는 사람들인가, 아니면 동네 고수인가! 나
도 괜히 오기가 생겨 숨을 헉헉대며 속도를 올렸다. 언
덕 꼭대기에서 웅성거리던 이들은 교복을 입은 고등
학생 무리였다. 그 친구들도 나를 보고 적잖이 놀란 듯
했다.

"에이 ××. 존나 놀랐네. 야, 아니잖아."

"아 뭐야, 확실하다매. 아, ×× 숨차."

뭔가 혼날 만한 짓을 하고 있었던 건지 제 발 저린
아이들은 나를 교사로 오해하고 도망친 모양이다. 떡볶
이 사 먹겠다고 학교 개구멍 사이로 빠져나갔던 옛날
기억이 떠올랐다. 숨차다며 서로 욕하며 투닥거리는 모
습이 그저 즐거워 보였다. 요즘 학생들이 스마트폰과 컴
퓨터 때문에 체력이 약하다는 뉴스도 틀린 말인가 보
다. 산을 저렇게 뛰어오르고도 욕할 기력이 남아 있으니
말이다. 그나저나 동네 뒷산에서 노는 날라리라니…. 서
울 한복판이지만 정겹고 옛스럽다.

중학생 시절, 지금은 사라진 '체력장'에는 오래달
리기 항목이 있었다. 200m쯤 되는 운동장을 다섯 바퀴

돌아야 했고, 기록에 따라 점수가 매겨졌다. 우리 앞 세대에 오래달리기를 하다 사망한 사고가 있었기에 만점 기준의 기록은 낮은 편이었다. 체력장 점수가 성적에 반영되던 시기라 100m 달리기를 악착같이 뛰던 친구들도 오래달리기는 설렁설렁 뛰었다. 그래도 대부분 만점이었다. 물론 골인 지점에 들어와선 다들 대자로 뻗어버렸지만 말이다. 모두가 싫어하던 그 오래달리기가, 나는 좋았다. 100m 달리기는 출발신호를 놓치면 기록을 뒤집기 어려워 출발선부터 잔뜩 긴장해야만 했지만, 오래달리기는 달리는 행위 자체에 집중할 수 있었다. 선생님은 '습습후후' 소리를 내며 숨을 들이쉬고 내뱉는 게 중요하다고 했다. 호흡에만 집중하며 트랙을 돌다 보면 친구와 벌였던 사소한 신경전이나 자꾸 떨어지는 성적에 대한 걱정 같은 게 지워지는 기분이었다. 몇 바퀴를 돌고 나면 주변의 소음이 사라졌다. 대신 엄청나게 커진 내 심장박동 소리가 들렸다. 코로 들이쉬고, 입으로 내쉬고. 머릿속엔 그 생각만 남았다. 생각이 많아 머릿속이 시끄러울 때면 혼자 운동장을 달렸다. 친구들은 '쟤 왜 저래'란 반응이었지만 말이다.

지금도 달리는 게 좋은 건 그 때문인가 보다. 아무

런 장비도 없이 (물론 저는 애플워치에 에어팟에 주렁주렁입니다만…) 내키면 어디에서든 할 수 있는 운동이자, 생각을 전환해주는 스위치를 누르는 것 같아서.

목표했던 30분보다 15분가량 더 뛰었다. 다리는 후들거리고, 심장은 쿵쾅대고, 온몸은 땀에 절었다. 가볍게 스트레칭을 한 후 씻고 나니 어느새 원래 퇴근 시간에 가까워졌다. 내일이면 다시 원래의 루틴으로 돌아가겠지만, 가끔 이런 보너스 같은 시간 덕에 나의 일상도 무사히 달려간다.

운동 과외

새해, 1월. 많은 이가 무언가를 결심하고 계획을 세우는 때, 매년 '운동'이라는 모호한 단어를 붙들고 있던 나에게도 구체적인 목표가 생겼다. 클라이밍 그레이드 한 단계 올리기와 야구 경기에서 안타 치기! 올해야말로 성장기가 되어야 한다!

딱히 운동을 잘했던 적이 없어서 이걸 슬럼프라고 불러도 될지 모르겠지만, 일종의 슬럼프에 빠졌다. 여가 대부분을 운동에 쏟아가며 매일매일 몸을 움직였는데도 실력은 제자리, 솔직히 말하면 뒷걸음질치는 것처럼 느껴졌다. 야구 연습에선 이제 막 입단한 선수들이 나보다 수비에 능숙해 보였고, 타격도 영 늘지 않아 계속 땅볼만 쳤다. 암장에 가도 마찬가지였다. 함께 다니는 철은 암장에서 가장 높은 그레이드의 문제를 풀고, 성장기에 접어든 아이는 자라나는 키만큼 실력도 쑥쑥 오르고 있었다. 나만 계속 고만고만한 상태에 머물러 있었다. 운동을 다녀오면 상쾌한 기분이어야 하는데, 오히려 울적한 날이 많았다. 잘하고 싶다는 마음은 꼭대기까지 차 있고, 잘하는 사람들은 자꾸 눈에 들어오는데 좀처럼 따라붙지 못하는 내 몸에 화가 났다는 게 더 정확할 거다. 달라지고 싶었다.

그래서 새해 어느 날 밤, 나는 눈이 빨개지도록 스마트폰을 들여다보며 검색에 몰두했다. 운동 잘하는 법, 코어 근육 키우기….

2년 전에 일대일 PT를 받아본 적이 있다. 단체로 수업을 듣거나 눈대중으로 따라 하던 때와 달리, 운동을 기본부터 제대로 배운다는 생각이 들었던 좋은 경험이었다. 폼롤러 스트레칭, 스쾃과 데드리프트, 케틀벨 운동을 배우며 근력운동에 재미를 붙이던 무렵, 말하기도 입 아픈 코로나19가 덮쳤다. 센터는 휴관하고 선생님은 일을 그만두셨으며 나의 첫 PT도 끝나버렸다. 그 당시 기본은 어느 정도 배웠으니, 이번엔 '운동을 잘하기 위한 운동 과외'를 받기로 마음먹었다. 장시간 검색 끝에 몇 군데 PT숍을 골랐고, 상담 예약을 했다.

처음 상담하러 찾아간 곳은 근력운동과 필라테스를 같이 배울 수 있는 PT센터였다. 러닝머신이 열몇 대씩 놓여 있던 대형 헬스장만 떠올리다가 생각보다 공간이 좁아서 놀랐다. 센터장은 요즘엔 대형 헬스장보다 일대일 트레이닝에 집중하는 PT숍이 인기라고 했다. 그가 준비한 PPT 자료에는 새로운 삶이 시작되었다는 회원들의 간증이 이어졌다.

"PT를 받으시려는 이유가 있을까요? 다이어트? 아니면 체력 향상?"

"다이어트는 아니고, 제가 하는 운동이 있는데, 그걸 더 잘하고 싶어요."

"어떤 운동을 하시는데요?"

"클라이밍과 야구요⋯ 근데 잘하는 건 아니에요."

상담에서마저 작아져버렸다.

"저희 센터에도 클라이밍 하시는 분들 있어요. 그럼 회원님은 퍼포먼스를 원하시는 거구나."

"퍼포⋯먼스요?"

스포츠 퍼포먼스는 경기력 향상을 얘기하는 거란다. 기존 회원들의 비포 애프터 사진을 보여주며 나

역시 체형 교정과 모빌리티 운동부터 시작할 거라고
했다.

"모빌리티 운동은 또 뭔가요?

"가동범위를 늘리는 운동이라고 생각하시면 돼요.
여기 이 사진 보이시죠? 이렇게 어깨가 굽어 있던 회원
님들도 이렇게 다 교정이 되고요, 골반 틀어짐도 다 잡
아드려요."

내가 순순히 넘어갈 줄 알고? 나는 '스마트한 컨슈
머'라서 저런 사진에 속지 않는다고…라는 생각을 하던
찰나, 센터장이 내 뒤로 오더니 어깨와 목에 마사지를
해주었다.

"회원님, 한쪽 목이 많이 경직되어 있어요. 혹시 듀
얼 모니터 쓰세요?"

"네, 사무실에서 듀얼 모니터 쓰고 있어요."

"한쪽으로 몸이 자꾸 틀어지면 전체적으로 균형이
깨져요. 주로 왼쪽 어깨가 아프죠?"

"네! 지금도 왼쪽이 뻐근해요."

"우리 몸의 근육들은 다 연결되어 있어요. 엉덩이
근육을 강화하고, 이렇게 경직된 근육을 풀어주면 점점
좋아질 거예요."

그녀가 손을 뗀 내 어깨는 한결 가벼워져 있었다. 다른 후보군을 골라두었던 보람도 없이, 나는 그 자리에서 홀린 듯 PT 20회권을 결제하겠다는 약정서를 작성했다.

마법이 풀리고 집에 돌아오니 너무 큰돈을 지른 것 같아 후회가 몰려왔다. 첫날은 체험 수업이라고 했다. 체험을 해보고 계약을 해지해도 된다고 했으니까, 잘 살펴보고 홀랑 넘어가지 말자! 이번엔 정말 단단히 마음먹고 센터로 향했다.

체험 수업은 인바디 체크와 사진 촬영으로 시작됐다. 바닥에 붙여놓은 테이프에 맞춰 선 후, 정면부터 90도씩 회전해가며 360도 전신을 찍는다. 그런 다음, 긴 봉을 양손으로 높이 들어 올린 후, 스쾃 자세로 360도를 다시 찍는다. 사진을 보고 현재 내 몸의 불균형 정도를 체크한다고 했다. 사진 속 나는 모든 자세가 비뚤름했다. 온통 저건 내가 아니라고 부인하고 싶은 모습들뿐이었다. 트레이너 선생님은 부끄러워하는 회원의 모습이 익숙한 듯 사진을 넘기며 말했다.

"원래 똑바른 자세로 서 있으면, 뒷모습 사진에서 양손이 옆에 보여야 하거든요. 근데 어떠세요? 손이 없죠?"

정말 그랬다. 내 뒷모습 사진에는 손이 지워진 듯 보이지 않았다. 너무 오랫동안 구부정한 자세로 있어서 원래 양손이 허벅지 양옆에 있어야 하는지도 몰랐다. 내 어깨는 안으로 말려 있는 '라운드 숄더'라서 양팔도 몸 앞쪽에 있었다. 어깨를 펴려고 가슴을 내밀자 선생님은 고개를 내저었다.

"어깨 펴는 방법도 잘못됐어요. 어깨를 자꾸 으쓱 하니까 승모근이 많이 긴장돼서 어깨가 더 아팠을 거예요. 이렇게 해보세요."

솔직히 사무직 노동자 중에 어깨 멀쩡한 사람이 얼마나 되겠는가. 반신반의하면서 트레이너의 말대로 손바닥을 앞으로 보여주듯 펼치니 굽었던 어깨가 펴졌다. 억지로 어깨를 펴려고 했을 때는 목 주변까지 같이 뻐근했는데, 이번엔 힘도 들지 않고 시원했다. 이것이 전문가의 힘인가!

"그리고, 회원님 발이 평발이네요."

"평발이요? 그런 얘긴 처음 듣는데요?"

"원래는 발바닥에 아치가 있어야 하는데, 지금 서 있는 자세를 보면 바닥에 완전히 붙어 있잖아요. 여기

214

의자에 한번 앉아보실래요?"

나는 고분고분 의자에 앉아 그가 시키는 대로 발끝으로 까치발을 해 보였다.

"이 자세에서는 아치가 생기는 걸 보니까 후천적으로 근육이 짧아져서 평발이 된 것 같아요. 마사지볼로 발바닥을 많이 풀어주셔야 돼요."

마사지볼 위에서 발바닥을 꾹꾹 누르자 온몸이 저릿하게 아프면서도 시원함이 느껴졌다.

"아치가 무너지면 충격 흡수도 잘 안 돼서, 걷다 보면 발이 많이 아팠을 거예요."

많이 걸으면 발이 아픈 게 당연한데도 나는 모든 퍼즐이 맞춰지는 것에 흥분했다. 점집에 가서 '너 요즘 힘들지?' 같은 말을 듣는다면 이런 기분이겠지? 알면서도 호로록 넘어가고야 만다. 그나저나 몸이 이렇게 엉망이라는데, 나아질 수는 있는 걸까? 시무룩한 나를 보고 선생님은 말했다.

"괜찮아요, 회원님. 다 교정할 수 있어요."

결국 나는 다시 홀린 듯 카드를 내밀고 말았다.

그렇게 덜컥 등록은 했지만 첫 PT를 앞두고는 걱정이 앞섰다. 50분 수업이 얼마나 힘들까? 토하기 직전까지 운동을 시키는 트레이너들도 있다는데, 다리가 풀려서 집까지 기어가게 되는 건 아니겠지? 온갖 걱정이 꼬리를 물고 이어졌다. 하지만 이런 걱정은 첫날 싹 사라졌다. 선생님은 몇 가지 동작을 내게 시켜보더니 고개를 갸웃거리며 말했다.

"회원님은 몸이 너무 경직되어 있어요. 이걸 풀어야 다른 운동이나 퍼포먼스가 가능할 것 같아요. 일단여기 누워보세요."

'응? 누우라고? 명색이 PT인데 운동 대신 이렇게 누워 있어도 되는 건가?' 하는 생각도 잠시, 웬만한 마사지숍에서 받는 것보다 더 시원한 마사지가 이어졌다. 담당 트레이너는 농구선수 출신의 남자 선생님이었는데, 손도 크고 힘도 좋아서인지 관절을 쏙쏙 뽑아내서 다시 맞춰주는 기분이 들 정도였다.

마사지 후에는 폼롤러와 마사지볼을 이용한 스트레칭이 한참 이어졌다. 후천적으로 평발이 되었다는 발의 아치를 살리기 위해 마사지볼로 발바닥을 꾹꾹 눌러주고, 발목부터 종아리, 허벅지 안쪽, 허리와 엉덩이, 목까지 폼롤러로 충분히 풀었다. 집에서도 폼롤러 스트레칭은 자주 했지만, 아무래도 혼자 하다 보면 적당히,

'되는 데까지'만 하기 마련이다. 옆에서 '한 번 더요, 더 눌러요, 꾸욱!'을 외치는 사람이 있으니 스트레칭만 해도 땀이 난다. 누르는 부위가 평소 내가 누르던 자극과는 차원이 달랐다. 몸을 풀고 나서는 관절의 움직임을 살피고, 중둔근을 강화하고 고관절 가동범위 늘리기부터 시작하기로 했다.

가동성과 유연성이 어떻게 다른지 궁금해서 물었더니, 가동성이 내 힘으로 근육 관절을 움직이는 능력이라면 유연성은 근육이 늘어날 수 있는 길이를 말한다고 했다. 예를 들어 팔을 어깨높이로 든 다음 양옆으로 활짝 벌리고 손끝 방향으로 손을 최대한 쭉 뻗었다고 해보자. 그 상태에서 손등이 몸쪽을 향하도록 손목을 꺾었을 때, 내가 손목을 얼마나 움직일 수 있는지가 가동성이고, 다른 손으로 당겨서 더 몸쪽으로 움직이게 할 수 있다면 그게 유연성이라는 것이다. 물론 유연성이 좋으면 가동성을 높이는 데 유리하다. 고로, 나는 불리한 위치란 얘기였다. 가동범위도 좁고, 유연성도 현저히 떨어지니 말이다.

가동범위를 늘리면 '퍼포먼스'가 좋아지는 데도 큰 영향을 미친다고 한다. 생각해보면 클라이밍 동작이든,

야구 동작이든 부드러운 연결이 중요했다. 덜그럭거리
는 분절 동작 대신, 물 흐르듯 몸을 움직일 수 있다면 훨
씬 더 많은 힘을 실을 수 있을 것이다.

마사지숍과 헬스장을 번갈아 다니는 기분으로 PT
시간을 누렸다. 갑자기 운동 천재가 된다거나 하는 기적
은 일어나지 않았다. 하지만 남들은 몰라도 나만은 알
아채는 몸의 변화는 분명히 생겼다. 회사 동료가 '체념
한 발소리'라고 표현했던 터덜터덜 걸음걸이는 사뿐하
고 똑바른 걸음에 가까워졌고, 짝다리를 짚고 삐뚜름
하게 서 있던 기본 자세는 아랫배에 힘이 팍 들어간 꼿
꼿한 자세로 바뀌었다. 만세를 할 때 팔을 귀 옆으로 가
져가기 힘들 정도로 어깨의 가동범위가 좁았는데, 간신
히 똑바로 팔을 뻗을 수 있게 되었다. 몸의 에너지를 최
대한 쓰지 않고 움직이려던 내 몸이, 이제 코어의 힘을
빌리는 쪽으로 발전해가는 중이다. PT를 시작할 때 목
표였던 '퍼포먼스'는 아직도 갈 길이 멀다. 하지만 지금
까지 30여 년간 굳어진 습관이 내 몸의 모양을 결정했
듯이 이런 사소해 보이는 일상의 변화가 앞으로 30년의
내 몸을 만들어가겠지? 코어가 단단한 멋쟁이 70대를
꿈꾸며 다시 한번 아랫배에 힘을!

근성 있는 여자

십 대엔 스포츠만화에 미쳐 있었다. 타고난 재능이 있지만 그걸 알아채지 못하던 주인공이 좋은 동료들을 만나 성장하는 스토리. 어떻게 될지 뻔히 알면서도 매번 눈물을 흘리고, 혼자 감격에 겨워 어쩔 줄 몰랐었다. 대부분이 남자 주인공들이 나오는 일본 만화였다. 주인공을 보며 대리 쾌감을 얻었다. 《슬램덩크》의 강백호나 《H2》의 히로, 《하이큐!!》의 히나타, 《출동 119구조대》의 다이고. 모두 천재적인 재능에 노력까지 더한 인물들이다. 나는 그 남자들이 될 수 없었기에 더 끌렸던 건지도 모른다. 그들이 보여주는 세계에는 땀에 젖은 달콤한 맛이 있었다.

땀이라.

여자들에게 땀이 허용된 적이 있었던가? 십 대에 내가 마음껏 운동장을 뛰지 못한 데는 여러 이유가 있었지만, 땀에 대한 스트레스도 지분이 컸다. 남자애들은 더우면 옷을 훌렁 벗어젖힐 수도 있었고, 땀이 난다고 뭐라고 하는 사람도 없었다. 더우면 땀이 나는 게 당연한데도 나는 겨드랑이 사이에 땀이 날까 디오더런트를 잔뜩 뿌리고, 접힌 옷 사이에 땀이 묻을까 조심했다. 땀냄새가 날까 봐 향수도 뿌렸다. 땀 흘리는 운동은? 당연히 하지 않았다. 실컷 땀을 흘린 후의 개운함과 달콤함은 한참 뒤에야 맛볼 수 있었다. 그전엔 그저 이렇게만 생각했다. 나는 땀 흘리는 운동을 좋아하지 않는다고.

이십 대의 나는 '열심히'라는 부사가 어울리지 않는 사람이었다. 일이든, 운동이든, 혹은 다른 무엇이든, 나는 늘 적당한 정도만 유지했고, 그 적당함에 기대어 살았다. 열심히 한다는 걸 '쿨하지 않다'로 오해하며 살기도 했다. 아직도 기억난다. 대학교 1학년 신입생 OT. 그당시만 해도 운동권 학생회가 OT를 주관했고, 오리엔테이션 일정 중에 민중가요와 율동을 배우는 시간이 있었다. '바위처럼 살아가보자, 모진 비바람이 몰아친대도, 어떤 유혹의 손길에도 흔들림 없는 바위처럼 살자구나'

라는 긍정적이고도 기개 넘치는 가사에 맞춰 춤을 추는 시간이었다. 처음엔 쑥스러웠지만 흥겨운 분위기에 나도 덩달아 신이 났다. 박수 치는 시늉만 하다가, 온몸으로 폴짝폴짝 뛰고 머리 위로 손을 올려 힘껏 박수를 쳤다. 전체 율동을 다 외우고 뿌듯한 얼굴로 식사하러 가는데 같은 신입생이었던 친구 한 명이 내게 말했다.

"너 되게 열심히 하더라?"

갑자기 얼굴이 빨개졌다. 나쁜 짓을 한 것도 아닌데, 나쁜 마음을 들킨 듯한 기분이었다. 땀 때문에 얼굴에 붙어 있던 머리카락이 창피했다. 나는 황급히 손을 내저었다.

"아니, 그런 거 아닌데…"

딱히 붙일 뒷말이 없었다. 나는 다시 박수 치는 시늉만 하던 때로 돌아갔고, 율동에 푹 빠져 시간을 즐기는 친구들을 그저 지켜만 봤다. 그 친구가 날 비난하려던 건 아니었을 텐데, 내게는 '열심히'라는 말이 꼭 비웃는 것처럼 들렸다. 욕심이 많은 사람처럼 보일까 걱정하기도 했을 것이다. 매사에 심드렁한 척, 애쓸 곳이 없는 척, 그런 척을 하는 데 많은 에너지를 썼다.

그리고 이제 중년의 운동인이 된 나는 달라졌다.

코로나19 때문에 다니던 암장이 계속 문을 닫은 때였다. 운동을 못 해서 좀이 쑤신 몇몇 사람이 모여 불암산에 있는 자연 바위에 볼더링을 하러 간다고 했다. 철은 자기도 가기로 했다며 넌지시 내게 같이 가보자고 했다. 내가 당연히 안 갈 거라고 생각했는지 가겠다고 대답하자 더 놀란 건 철이었다.

불암산에 모인 사람은 열 명쯤이었다. 대부분 암장에서 최고 등급의 문제를 푸는 실력자들이었고, 자연 바위 볼더링 경험이 없는 사람은 나뿐이었다. 이미 불암산에 와본 적 있던 몇몇 사람은 금세 몸을 풀고는 바위 앞에 매트를 펼쳐놓고 간식 세팅까지 척척이었다.

"자, 여기가 가장 쉬운 곳이니까 여기서 몸 풀고 위로 올라가죠."

센터장의 말에 모두 바위 하나 앞에 모였다. 그가 가리킨 바위는 그렇게 어려워 보이지는 않았다. 높이가 겨우 2.5m쯤 될까 한 작은 바위로, 내 앞에서 먼저 붙어본 사람들은 많으면 세 번, 적으면 두 번의 움직임 만에 바위 위에 올라섰다. 다들 너무 쉽게 해내길래 나도 그럴 줄 알았는데, 역시 아니었다. 좁은 바위틈에 발을 딛고 스타트 자세를 하는 것도 힘겨웠다. 완등한 사람들은 짐을 챙겨 더 위에 있는 큰 바위로 이동했다. 하나둘 사람들이 사라지더니, 결국 완등을 못 한 건 나뿐이었다.

"너도 올라가. 나 여기서 혼자 해볼게."

응원해주겠다며 옆에 남았던 철이마저 보내고, 나는 바위 앞에 혼자 남았다.

그러니까, 이건 예전에 나라면 하지 않았을 행동이다. 일단 자연 바위에 매달리겠다고 소중한 휴일을 쓰지도 않았을 것이며, 나만 못 할 게 뻔한 이런 자리에 나오지도 않았을 것이며, 나왔다고 해도 다른 사람들 보기에 창피하다는 생각에 휩싸여 도전조차 못 했을 것이다. 아마도 잘하는 사람들과 나를 비교하며 잔뜩 위축되어 있었겠지. 그러다 금세 포기했을 거고.

그런데 내가 그 바위 앞에 혼자 남았다.

동행자들이 날 위해 남겨둔 매트 하나를 바닥에 깔고, 계속해서 다시 매달렸다. 내가 성공한 걸 아무도 믿지 않을까 봐 한쪽 구석에 아이폰을 세워 녹화도 했다. 처음엔 스타트 자세를 잡기도 어려웠는데, 계속 붙다 보니 몇 단계 더 몸을 움직여볼 수 있었다. 불암산의 자연 바위는 재질이 꼭 현무암처럼 까슬했다. 바위에 붙을 때마다 손가락 끝이 까져서 피가 맺혔다. 그 위에 테이프를 붙이고 다시 매달리고, 또 다른 손가락에 붙이고 다시, 또다시… 그러다 보니 모든 손가락이 테이프로 칭칭 감겼다. 흰색 테이프마다 발갛게 피가 번졌다. 내가 어쩌고 있나 보러 돌아왔던 철이 눈이 휘둥그레졌다.

"이야~ 너한테 이런 근성이 있을 줄이야!"

근성? 그 은성?

달리기 꼴찌로 들어오면서도 헤헤 웃던 나에게, 악바리란 말은 평생 한 번도 들어보지 못한 나에게, 근성이라는 게 있다고? 20년을 알아온 사람에게 근성 있다는 얘길 다 듣다니!

눈물이 찔끔 나는 스포츠만화처럼, '결국 해냈다'로 마치고 싶었지만, 완등은 하지 못했다. 힘도 다 빠지고 손가락 상처도 심해져서 결국은 포기하고 말았다. 아쉬웠다. 그리고 아쉽다는 감정이 드는 나 자신이 신기하고 기특했다. 아이폰 사진첩에는 실패한 뒷모습의 기록만 가득했지만 괜히 기분이 좋았다. 돌아오는 차 안엔 땀 냄새가 가득했다. 거기엔 내 지분도 있었다. 이제 달콤한 땀의 맛을 알아버린, 근성 있는 여자가 바로 나다.

노후 대비 근력 투자자, 스텔라

스텔라를 처음 만난 건 도서관에서 진행하는 팟캐스트 모임이었다. 낭독에 관심이 많아 팟캐스트 모임에 찾아왔다고 했다. 60대인 그는 최근까지도 영어 과외를 하며 아이들을 가르칠 정도로 열정이 넘쳤다. 우리는 중노년 여성의 몸을 주제로 팟캐스트를 기획하고 함께 녹음했는데, 대본 이야기를 하면서 그가 5년여 전부터 꾸준히 헬스장에 다닌다는 걸 알게 되었다. '웬만하면 운동 일정은 고정해놓고 다른 일정을 잡는다'는 그의 말에 덥석 인터뷰를 요청했다. '할머니 운동인'으로 살고 싶은 내 고민에도 답을 얻길 바라며.

지민: 거의 매일 운동을 가신다고 하셨잖아요. 그런 습관

을 만든 건 언제부터였나요?

스텔라: 5년쯤 전에 병원에 갔는데, 퇴행성관절염이라고
하는 거예요. 그 얘기 듣고 큰애가 PT숍에 등록해줬어
요. 그때부터 지금까지 한 5~6년쯤 되었나? 빠지지 않
고 다니고 있어요. 되도록 아침 시간에 운동을 마치고
다른 일을 하려고 해요. 그렇게 딱 정해놓지 않으면 안
되겠더라고요.

    코로나19 전에는 구민체육회관에서 수영도 오래 했
어요. 나라에서 하는 게 좋아, 난 나이 들었다고 20% 싸
게 해주거든.(웃음) 구민체육회관이 다른 데보다 관리
도 더 열심히 하는 것 같고, 수영장 물도 좋아요.

    구민체육회관에서 헬스도 해봤는데 봐주는 사람이
없으니까 러닝만 하다가 오게 되더라고요. 기구 운동을
해보려고 해도 어떻게 해야 할지 모르겠고, 여자 혼자
하고 있으면 지나는 사람들이 또 훈수를 들려고 해. 이
렇게 해라, 저렇게 해라 하는데 나는 그게 별로 도움이
안 될 거 같았어요. 혼란스럽기만 하고. 지금은 일주일
에 한두 번 트레이너 선생님한테 배우고, 나머지는 혼
자 와서 운동해요.

스텔라는 PT숍에 가는 걸로 하루를 시작한다. 하기 싫은 스쾃부터 먼저 해버리고, 좋아하는 스트레칭으로 30~40분간 몸을 깨운다. 다리를 찢고, 몸을 늘리면 기분이 좋아진다고 했다. 나와는 정반대다. 나는 스쾃 100개보다 스트레칭이 더 괴로워서 스트레칭을 빼먹을 때가 많고, 그 덕분에 부상이 잦다. 스텔라는 다치지 않는 게 무엇보다 중요하기 때문에 절대 무리하지 않는다고 했다.

스텔라: 제가 예전에 승마를 하고 싶었어요. 그래서 승마 행사에 찾아간 적이 있었는데, 참여하는 데 나이 제한이 있는 거예요. 결국 못 하고 돌아왔죠. 왜 그런지는 알겠더라고요. 승마가 언제든지 낙상 위험이 있잖아요. 우리 나이에 골절되면 진짜 큰일 나거든요. 그게 암보다 더 무서워요. 움직이지 못하면 노화가 빨리 오니까. 주변에 아픈 사람도 많고, 한번 누우면 못 일어나는 사람들도 봐서 조심하게 되더라고요.

스텔라는 집에 가벼운 덤벨과 바벨을 마련해두었다고 했다. 시간이 없어 운동하러 나가지 못할 땐 간단하게라도 집에서 어깨나 등 운동을 하고, PT숍에 나오면 주로 기구를 사용해서 데드리프트나 백익스텐션 같은 운동을 하면서 근력을 키운다. 최근에는 허벅지 단련을 위해 애쓰고 있다고.

지민: 근력운동 하는 게 힘들진 않으세요?

스텔라: 힘들죠. 근데 요즘 허벅지 운동을 했더니, 조금 힘이 늘어나는 게 느껴지더라고요. 그런 순간에 기쁘죠. 아, 하니까 되네. 이런 생각도 하고요. 처음에는 꼼짝도 안 하던 기구가 이젠 힘껏 밀면 밀리니까요. 그 뿌듯함, 성취감이 좋아요. 같이 운동하는 애기 엄마가 저보고 허벅지가 단단해진 거 같다고 하는데 기분이 정말 좋더라고요. 제가 운동을 엄청 좋아하는 사람은 아닌데, 막상 하고 나면 상쾌하니까 또 가게 돼요. 그리고 운동 열심히 한 날은 이튿날엔 몸이 막 아프잖아요. 그게 또 묘하게 쾌감이 있지 않나요?

그 마음은 나도 안다. 운동 가기 전까진 온몸을 꼼짝도 하기 싫다가, 막상 가서 땀 흘리고 나면 오히려 상쾌해지는 그 기분. 내 기대만큼은 아니더라도, 하면 할수록 실력은 는다. 욱신거리는 근육은 내가 열심히 했다는 증표 같기도 했다. 아무리 손을 뻗어도 닿지 않을 것 같던 홀드가 어느 날 손에 잡히던 감각을 기억한다.

그 기억이 이튿날 나를 이불 속에서 나오게 돕는다.

지민: 말씀하신 대로 운동을 하고 나면 좋긴 한데, 그 즐거움을 알기까지 시간이 좀 걸리는 것 같아요.

스텔라: 사실 저는 저한테 우울증 DNA가 있을지 모른다고 생각했어요. 가족들이 그런 성향이 있어서요. 저도 가끔 힘들고 마음이 내려앉을 때가 있었는데, 그럴 때마다 앉아서 음악 듣는 게 다였어요. 그런데 운동을 시작하고 달라졌어요. 밖에 나와서 걷고, 힘들게 운동해서 몸이 뻐근해지면 오히려 우울한 기분은 잊히더라고요. 그래서 애들한테도 운동은 꼭 하라고 권하는 편이고요. 솔직히 아침에 운동하러 가기 싫은데, 경험이 쌓이니까 움직이기 싫어도 일단 나가게 돼요. 컨디션이 안 좋으면 가서 매트에 누워 있자, 거꾸리에라도 매달리고 오자, 그런 맘으로 나와요. 그렇게 나오면 결국 근력운동 다 하고 가요. 그럼 또 뿌듯해. 몸도 상쾌하니까 그다음 일도 더 열심히 하게 되고요.

처음엔 삶의 질이 나빠지지 않도록 투자한다 생각하고 시작했어요. 저는 '근육통장'이란 말을 믿어요. 집에 아무리 돈이 많다고 해도 자기 몸을 마음대로 할 수가 없잖아요. 몸에 근육을 마련하는 것만큼 제대로 하는 노후 투자가 없는 거 같아요.

스텔라는 PT숍에 가는 것 말고도 매일 하는 운동이 하나 더 있었다. 바로 걷기. 별것 아닌 것 같아도 바른 자세로 걷는 건 전신운동에 해당한다. 목은 곧게 펴고 팔은 다리와 대각선을 맞추어 앞뒤로 힘차게 흔든다. 스텔라는 매일같이 하루 만 보 이상 걷는다고 했다.

스텔라: 여기저기 발 담근 일이 많아서 바빠요. 성당에서 하는 책 읽기 봉사도 있고, 도서관 모임에도 나가요. 운전도 하는데, 웬만하면 걸어 다녀요. 아직 가르치는 아이가 있어서 한 번씩 지하철을 타고 나갈 때도 많이 걷죠. 나이 덕에 지하철도 프리패스고요.(웃음) 한 정거장 먼저 내려서 불광천 따라 걸으면 좋더라고요. 삼천사라고 북한산 자락에 일주일에 두 번 길냥이 밥 주러도 다녀요. 가면 애들이 되게 반겨요. 무릎에도 올라오고 그러거든요.

지민: 산 위에까지 매주 다니는 게 쉽지 않으실 것 같아요.

스텔라: 가볍게 올라갈 만한 거리예요. 애들이 기다리고 있다는 걸 아니까 안 갈 수도 없고요. 운동을 해야 한다는 강박이 생긴 거 같긴 해요. 만약 시간이 안 돼서 그날 운동을 못 하면, 저녁에 동네 몇 바퀴라도 돌고 와요. 몸을 한 번이라도 움직여야 돼요. 운동을 하는 게 노후대책이고, 투자 대비 굉장히 실용성 있다고 생각해요. 병원에 가면 비용도 들지만, 가서 기다리고 보내야 하는 시간도 사실 무의미하게 느껴지거든요. 그거에 비하면 운동은 시간을 값지게 쓰는 것 같고요.

지민: 해보고 싶은 다른 운동도 있으세요?

스텔라: 저는 10년은 채우겠다 결심하고 운동을 시작했어요. 일단 10년은 채우고 그 이후에 다른 운동을 하자, 그렇게요. 지금 헬스장에서 하는 운동이 재밌는 건 아니라서 나중에는 춤도 배우고 싶고, 탁구도 하고 싶어요. 어릴 때부터 발레도 하고 싶었고요.

저는 어릴 때 어머니한테 '얘는 운동신경이 없다'
는 말을 끊임없이 들었어요. 중학교 때였나, 체력장 때
달리기하다가 넘어진 적이 있어서 그 기억이 강했나 봐
요. 그래서 저도 제가 그런 사람이라고 단정했던 것 같
아요. 중학교 때 발레 선생님이 제 체형을 보더니 발레
를 하면 좋겠다고 추천하셨는데, 저희 어머니가 공부해
야지 무슨 춤을 추냐면서 못 하게 했어요. 운동신경도
없는 애가 뭘 하냐면서요. 근데 막상 운동을 해보니 아
니더라고요. 그렇게 운동을 못하지도 않고, 재미도 있
고요. 전 이제 몸 쓰는 일을 하고 싶어요. 내가 이 나이
에도 만약 꿈을 갖는다면, 발레를 하든 뭘 하든 몸으로
뭔가를 표현하는 삶을 살아보고 싶어요.

지민: 발레리나가 정말 잘 어울리실 것 같아요. 새로운
걸 계속 해보고 싶다는 마음도 멋지고요.

스텔라: 제가 처음부터 그랬던 건 아니에요. 사람이 좀 바
뀐 거 같아요. 여행만 생각해도 그래요. 예전엔 혼자 여
행을 한다는 건 엄두도 못 냈어요. 딸이 일정을 다 짜주
면 같이 가는 게 다였거든요. 그런데 운동을 하고 나선

할 수 있을 거 같은 거예요. 그래서 혼자 이탈리아에 갔는데 너무 좋았어요. 거기 있으면서 소도시를 여행할 계획을 또 세웠어요. 그림도 그려야지, 메모도 해야지, 웹툰을 그려봐도 재밌겠다, 그런 생각들도 혼자 해보고요. 이제는 내가 할 수 있을 것 같다는 생각이 들어요. 사느라 바빠서 인생의 중반부에 놓친 게 많아요. 물론 돈 벌고 애들 키우고 하느라 바빴던 거니까 의미가 없는 건 아니지만, 운동하고 나서야 나에 대해 생각하고, 뭔가 해보겠다는 적극적인 에너지가 생긴 건 맞아요. 운동하러 오잖아요? 여기서는 의기소침하게 다니는 사람이 없어요. 오면 일단 허리 펴라고 하고, 어깨 쫙 펴라고 하니까(웃음) 의기소침해질 새가 없지. 트레이너가 잘한다, 자세 좋다, 칭찬하면 힘도 나고요. 얼마 전에 친구가 '네가 그동안 힘들었는데 잘 살고 있는 거 같아서 좋다고, 무엇보다 너를 잘 돌보는 거 같아서 보기 좋다'고 말해줬는데 참 고맙더라고요. '네 삶을 응원하겠다'는 말에 정말 힘이 났어요. 제가 운동 안 했으면 정신적으로 힘들 때 괜히 술이나 먹고, 몸만 축났을 텐데.(웃음) 그나마 운동해서 잘 버텼구나, 그런 생각을 해요.

지민: 갑자기 제가 반성하게 되네요. 몸만 축내고 있는 것 같아서.(웃음) 저와 스텔라 님이 20여 년 정도 연배가 차이 나는데, 스텔라 님을 보면서 60대에 나를 돌보는 방법을 많이 배우게 되는 것 같아요. 근육통장에 적립도 잘하고 싶고요.

스텔라: 아이들이 크니까, 또 그 애들이 저를 챙겨주는 것도 있어요. 처음에 아들이 헬스장 등록도 해줬고, 말씀드린 것처럼 딸애는 여행 계획 세워서 데리고 다녀주기도 하고요. 내가 결혼을 해서 그나마 이런 딸이라도 낳았다는 게 위로가 돼요.(웃음) 같이 여행 다니려면 운동을 해서 건강한 몸을 만들어야겠단 생각도 하죠. 체력이 은근히 많이 들거든요.

딸이 지금 아이를 가지려고 노력하고 있어요. 만약 아이가 생기면 아이도 좀 봐주고 해야지 생각하는데, 그 생각을 할 때마다 운동을 어떻게 해야 되나 그것부터 먼저 고민해요. 진짜 운동이 루틴이 된 거죠.(웃음)

종종 할머니가 된 내 모습을 떠올려본다. 멋진 할머니가 되고 싶다는 막연한 소망만 있지, 어떻게 나이가 들어야 멋있는 건지는 여전히 미궁 속이다. 하지만 스텔라와 이야기를 나누고 나니 조금은 알 것 같았다. 무언가 하고 싶다는 마음을 갖는 것, 계속해서 꿈꿀 수 있는 힘이 있다는 것이 얼마나 멋있는지를 말이다.

인터뷰를 마치고, 스텔라는 헬스장으로 향했다. 당연한 그 발걸음을 닮고 싶었다. 10년 뒤에는 그의 발레 공연에 초대받기를 바라며.

부상자의　　　　　운동

통증

S#1. 시작은 작은 통증에서부터

"지금 어깨가 문제가 아니에요. 목이 큰 문제네요."

며칠 전, 집에서 풀업바에 매달리다 어깨에 짧게 통증이 있었다. 며칠 지나면 낫겠지 싶어 그냥 두었는데, 통증이 심상치 않았다. 정형외과에 갔더니 어깨보다 목이 더 문제라며 목 디스크 탈출증을 경고했다. 허리는 구부정하고, 목은 꼿꼿한 일자. 사무직 노동자들의 필수 조건이라는 일자 목이었다.

의사의 말을 요약하자면 이렇다. 무거운 머리를 받칠 만한 힘이 없는 나의 경추들은 근처 근육에 도움을 요청해야 했고, 목과 척추 주변의 근육은 항상 긴장 상태일 수밖에 없다. 그러다 보니 목과 어깨 주변으로 근육통이 잦고, 심한 경우엔 두통이나 저림 증상까지 올 수 있다는 것. 목이 뻣뻣한 줄은 알고 있었지만 이렇게 심각한 줄은 몰랐다. 한동안 바빠서 운동도, 스트레칭도 빼먹었다. 출근해서 앉아 있으면 다리가 저리고, 퇴근길에는 나아지기에 그저 회사병이라고만 생각했는데, 문제의 원인은 올곧은 내 목에 있었다.

"《백년 목》이라는 책이 있어요. 그 책 찾아서 읽고 거기 나온 대로 따라 하세요. 지금 이 사진은 언제 디스크가 터져도 이상하지 않은 상태입니다."

그 말을 하면서 의사 선생님은 가슴을 앞으로 쭉 펴는 동작을 보여주었다. 허리를 펴고 바로 앉은 자세와 그의 책상에 놓인 인체공학 키보드 때문에 어쩐지 더 믿음이 갔다. 충격적인 가격이었던 5만 원짜리 충격파 치료를 받으며 '운동 많이 하는 사람들이 자기 몸 아픈 줄 모른다'는 의사의 말을 곱씹었다. 꾸준히 운동하니까 괜찮겠지, 나도 그렇게 생각했기 때문이다.

도서관에서 《백년 목》을 빌렸다. 이 책은 재활의학 전문의 정선근 교수가 쓴 《백년 허리》의 후속작이다. 인터넷에 검색만 해도 '목 디스크 살리기 십계명'이 나오는데, 그 핵심은 경추의 '전만', 즉 C자형 곡선을 유지

하는 데 있다. 컴퓨터 모니터 위치를 높이고, 스마트폰을 볼 때도 높이 들어 보고, 장거리 여행을 할 때 차에서도 고개를 뒤로 젖히고 자야만 척추 건강을 지킬 수 있다는 내용이었다. 생활 습관을 바꾸고 몇 가지 운동을 병행하면 수술을 하지 않고도 목 디스크 탈출증과 관련 통증을 잡을 수 있다는 말에 꼼꼼히 책을 읽었다. 목 건강을 망치는 주범은 역시나 스마트폰인데, 고개를 숙이고 스마트폰을 보는 건 머리에 20~30kg의 무게를 더하는 셈이어서 목 디스크에 엄청난 부담을 준다고 한다. 매일 반복되는 행동은 가랑비에 옷 젖듯이 몸을 망가뜨리지만 스스로 알아채기 어렵기 때문에 나쁜 습관은 잘 고쳐지지 않는다고. 스트레스와 우울함도 목 디스크를 손상하는 원인인데, 스트레스를 받으면 목덜미 근육이 긴장하고, 시간당 600번 정도 가볍게 움직여야 하는 목 디스크를 고정해버리기 때문이란다. 게다가 목덜미와 어깻죽지 근육을 과하게 긴장시켜 목 디스크에 강한 압박을 가해서 디스크가 손상될 수 있다는 것이다.

읽는 내내 내 얘기였다. 사실 요즘에 이렇지 않은 사람이 얼마나 되겠는가. 지하철이나 버스에 탄 사람들은 거의 다 스마트폰에 코를 박고 있고, 사무실에선 많은 이가 허리와 엉덩이의 기능을 상실한 채 일하기 바쁘니 말이다. 나처럼 운동을 열심히 한다고 하는 사람도 일주일에 며칠, 많아야 하루 2~3시간 운동하는 게 최대치일 거다. 그중 스트레칭 시간은 30분도 채 안 되고. 책상에 앉아 나쁜 자세로 일하는 시간과 고개를 처박고 스마트폰 보는 시간은 깨어 있는 시간의 70%쯤 되지 않을까?

평소의 자세와 습관을 고쳐보기로 했다. 딱히 볼 것도 없으면서 스마트폰을 집어드는 습관을 바꾸기 위해 제한 시간을 걸어 스마트폰을 잠가두었다. 하루 2시간 사용이라는 무리한 목표를 세우는 바람에 저녁 먹을 즈음이면 허용 시간은 이미 끝나 있었다. 15분 간격으로 알람을 맞춰두고 알람이 울릴 때마다 자세를 바꾸고 매켄지 신전 동작(가슴을 펴고 목을 뒤로 젖히는 동작)을 하며 몸이 굳지 않도록 했다. 노트북은 거치대를 마련해 최대한 높이 올렸다. 정형외과 선생님 책상 위에 있던 인체공학 키보드도 마련했다. 예방하기엔 이미 많이 늦은 것 같지만….

한편으론 너무 아쉬웠다. 한창 몸이 운동 리듬을 찾아가던 중이었고, 영원히 안 될 거 같았던 턱걸이도 성공 직전이었다. 몸이 들리는 즐거움에 제대로 스트레칭도 하지 않고 턱걸이 연습을 하던 과거의 내가 원망스러웠다. 지금 거울에 비친 나는 턱걸이는커녕 머리 높이까지 팔을 들어 올리지도 못한다. 속상하니 어깨가 더 처져 보인다. 과연 운동을 계속할 수 있을까?

S#2. 왜 슬픈 예감은 틀린 적이 없나

어깨 통증이 나아지지 않아 정형외과를 다시 찾았다. 옷을 갈아입는 것마저 불편했다. 보통 상의를 갈아입을 때 손을 아래로 교차한 다음, 상의 아래쪽을 잡고 뒤집듯 옷을 벗었는데, 손을 교차한 채로 팔이 펴지질 않았다. 점퍼나 재킷을 입을 때도 마찬가지였다. 한쪽 팔을 소매에 넣고 나서 다른 팔을 소매에 넣는 단순한 동작을 할 수 없었다. 충격파 치료를 네 번 정도 받고도 상태가 호전되지 않아 주사를 맞기로 했다. 스테로이드가 들어간 주사다. 사진 찍고, 초음파 보고, 주사 맞는 데 15만 원 넘게 들었다. 실비보험 없는 사람의 마음속엔 피눈물이 지나갔지만, 아픈 것보단 나았다. 주사 맞는 광경을 초음파로 함께 지켜보는데, 초현실적인 기분이 들었다. 알 수 없는 약물을 넣어서 갑자기 근육이 갱

{ 부상자의 운동 }

생되는 느낌이랄까? 뻐근한 느낌도 잠시, 초음파 화면에는 관절 사이로 식염수와 함께 스테로이드가 들어가는 장면이 지나가고, 곧 어깨가 시원해졌다. 들리지 않던 팔이 들리고 고통도 사라졌다.

"선생님, 왜 진작에 주사를 안 놓아주셨어요?"

원망이 담긴 내 질문에 그는 내가 '젊어서' 그랬다고 말했다. 젊어서 주사 없이도 치료될 줄 알았다고. 그땐 그 말이 무슨 뜻인지 몰랐다. 그저 통증이 사라진 게 기뻤다. 아프지 않은 일상에 감사하며 며칠을 보냈다. 고작 며칠이었다. 그리고 어느 비 오는 날, 버스에서 내리면서 우산을 펼쳤다가 나도 모르게 억 소리가 나왔다. 난생처음 느끼는 고통이 찌릿하게 왼쪽 어깨를 스쳤다.

S#3. 이보시오, 의사 양반, 내가…

"오십견입니다."

의사의 태연한 진단명에 말문이 막혔다.

"오십견은 오십 살이 된 사람들에게 생기는 게 아닌가요?"

"요즘엔 스마트폰 때문에 이십 대부터 생겨요. 정

확한 명칭은 유착관절낭염, 관절이 유착되고 염증이 생겨서 가동범위가 좁아진 걸 말합니다."

두 번째 주사를 맞았다. 이번엔 처음 같은 드라마틱한 효과가 없었다. 오십견이라니. 농담으로나 입에 올리던 말이다. 함부로 내뱉었던 말들이 후회된다. 이렇게 아픈 건지는 정말 몰랐다. 내가 원하는 대로 몸을 쓸 수가 없고, 언제 나아질지도 모르고, 돈은 무지막지하게 들어가는 무시무시한 병을 왜 그렇게 쉽게 생각했을까? 주사 비용을 수납하던 간호사가 도수치료는 회당 15만 원이라고 덧붙여주었다.

병원에서 나와 버스정류장에서 멍하니 하늘을 바라보았다. 나이 마흔에 벌써 오십견이라니! 살겠다고 열심히 운동한 결과가 오십견이라니! 울적함은 곱절이 되어 나를 짓눌렀다. 치료비는 비싸고 어깨는 아프고, 막막한 심정이었다. 그때 정류장 벽면에 붙은 광고지가 눈에 들어왔다. 살림의원. 은평구에 있는 여성주의의료생협이다. 팬데믹 이전에는 운동 센터도 운영해서 아이와 같이 그룹 수업에 다니기도 했었다. 운동 센터가 문을 닫은 게 코로나가 쓸어간 슬픔 중 하나였다. 운동 센터는 없어졌지만, 트레이너 선생님과 공간을 빌려 운동을 할 수 있다고 들었던 기억이 났다. 시니어를 위한 운동과 재활을 전문으로 하는 철봉 선생님을 만나보기로 했다.

S#4. 재활도 운동은 운동

《붙들고 올라가기》를 쓰기 시작할 때만 해도 오십견으로 재활 PT를 받게 될 줄은 몰랐다. 철봉 선생님은 내 몸 전체의 불균형과 오버페이스 운동으로 과사용된 어깨, 긴장된 목을 원인으로 꼽았다. 양팔을 흔들며 똑바로 걷기, 몸을 교차해서 사용하기 등 기초적인 몸의 움직임부터 천천히 다시 익혔다. 우리는 일주일에 한 번 만나서 WOD(Workout of the day)를 정하고, 나는 일주일 동안 정해진 WOD를 매일 수행하고 메시지로 숙제 검사를 받았다. 매주 집중하는 부위가 조금씩 달랐다. 교차 운동, 등 운동, 코어 운동 등. WOD는 겨우 10분 분량에다가 크게 움직이지 않는 심심한 동작들인데, 다 마치고 나면 땀이 송골송골 맺혔다. 힘든 동작은 아니지만 자주 쓰지 않는 근육을 사용하기 때문이라고 했다. 아직도 내 몸에 알아갈 곳이 천지다.

철봉 선생님은 영양사이기도 해서 식단 과제도 매

주 새롭게 내주었다. 염증을 치료하려면 필요한 영양소를 제대로 섭취하는 게 중요하다고 했다. 첫 주엔 초록 잎채소의 비중 늘리기, 둘째 주는 생채소 많이 먹기, 셋째 주는 해조류 먹기 같은 거라 은근히 재미있었다. 식탁 사진을 찍어 선생님께 보내다 보면 끼니를 살뜰히 챙길 수 있어 좋기도 했다. 어릴 때는 뭘 먹어도 건강할 수 있지만 나이가 들수록 음식과 영양에 신경 써야 한다는 말이 와닿았다. 가장 어려웠던 건 금주였다. 좋은 걸 백 가지 먹는 것보다 나쁜 거 한 가지를 안 먹는 게 좋다는데, 하필 그 한 가지가 술이라니. 그래도 잘 참고 과제를 수행한 덕분에 식탁은 초록빛으로 풍성해졌고, 통증도 조금씩 줄어들었다.

재활 운동을 하는 10주 동안 빠르게 나아지지 않는 몸이 원망스러울 때도 있었다. 선생님은 길게 봐야 한다며 나를 위로해주었다. 재활 운동은 천천히, 통증이 없는 선에서 진행해야지 괜히 무리하면 오히려 더 다칠 수도 있다는 거다. 길고 지루한 이 시간은 몸의 움직임을 인식하고, 계속해서 내 몸에 괜찮냐고 말을 거는 연습이다. 저만치 달려가 있는 마음도 살살 달래서 여기로 데려와야지.

어깨 통증이 있는 내내 온 신경이 거기에 가 있었다. 리베카 솔닛은 책《멀고도 가까운》[12]에서 "고통에도 목적이 있다"고 했다. "고통이 없다면 우리는 위험에 처하게 된다. 느낄 수 없는 것에 대해서는 돌보지도 않는다"라고. 아픈 덕에 나는 잠시 멈춰 서서 나를 돌볼 기회를 얻은 건지도 모르겠다.

---

12 《멀고도 가까운》, 리베카 솔닛, 김현우 역, 반비, 2016.

누구에게나 각자의 나이스가 있다

'아야…'

아침에 일어나자마자 앓는 소리가 절로 난다. 모로 누워 자는 게 내 잠버릇인데, 어깨를 다친 이후론 이 잠버릇이 독이 되었다. 왼쪽으로 몸을 틀어 자다 보면 왼쪽 어깨가 눌리게 되어 아침에 일어날 때 통증이 심했다. 통증 때문에 잠을 설치는 날도 많았다. 자리에서 일어나 커피를 마시기 위해 전기포트를 들어 올리려다 무심결에 왼팔을 쓰고 느껴지는 통증에 아차 싶다. 화장실에서 휴지걸이 방향으로 몸을 틀다가도, 샤워하며 오른쪽 어깻죽지에 비누칠을 하다가도, 옷을 갈아입다가도, 백팩을 메다가도 나도 모르게 비명이 새어 나온다. 아프고 나니 어깨를 쓰는 움직임이 일상에 얼마나 많은지 알 수 있었다. 왼쪽 어깨의 움직임은 굉장히 좁아졌다. 일정 범위를 벗어나면 코끝이 시리게 아팠기 때문에 점점 왼팔이나 왼손을 쓰는 일도 줄어들었다.

내 생활에만 불편함이 생긴 게 아니었다. 의자에 앉아 있는데, 강이가 있는 힘껏 달려와 안기려다가 멈칫한다.

"엄마, 이쪽이 왼쪽인가?"

고개를 갸웃거리던 아이는 조심스레 오른쪽 어깨만 살포시 안아준다. 아이와 함께 몸을 부대끼며 노는 걸 좋아했는데, 내가 아픈 뒤로 서로 툭툭거리고 간질이는 즐거움이 사라져버렸다. 실수로 왼쪽 어깨를 건드렸다가 비명을 지른 뒤론 강이도 나와 몸을 부딪혀 노는 걸 조심스러워한다. 나는 하루에도 몇 번씩 '그때 그러지 않았더라면'이라는 후회로 과거를 곱씹는다. 자책으로 향하는 길은 너무 빠르다. 운동을 꾸준히 하면서 이 나쁜 습관을 저 멀리 보내버린 줄 알았는데, 금세 다시 돌아와버렸다. 온 신경이 아픈 데 쏠리다 보니 종일 곤두서 있기도 했다. 아픈 걸 떠올리면 속상하고, 속상함은 나를 원망하게 만들고, 그렇게 차츰 무기력해져만 갔다.

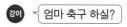 엄마 축구 하실?

멍하게 앉아만 있던 휴일, 집 앞에 놀러 나갔던 강이에게서 메시지가 왔다.

지금? 지민

 응, 지난번에 〈골 때리는 그녀들〉 보면서

축구하고 싶다고 했잖아.

TV 속 그녀들처럼 전력 질주하며 숨을 헐떡이고 싶었다. 속이 뻥 뚫리도록 공을 차보고 싶었다. TV를 보며 내뱉은 나의 혼잣말을 기억했던 강이가 집에 돌아오는 길에 학교 운동장 문이 열려 있는 것을 보고 연락한 거였다. 고마운 마음에 축구공 하나를 집어 들고 운동장으로 향했다.

"일대일이니까 승부차기하자!"

강이가 제안한 대로 서로 번갈아 골키퍼를 하며 슛 연습을 했다. 페널티박스에서 공을 차는데도 골문에 공을 넣는 것이 쉽지 않았다. 땅볼로 힘없이 구르거나 난데없는 방향으로 공이 날아갔다. 강이는 초등 2학년까

지 방과 후 수업으로 축구 교육을 받았던 기억을 되살
려 내게 친절히 설명해주었다.

"엄마, 발등으로 들어 올리듯이 차봐."

"엄마, 공을 끝까지 봐야지!"

"디딤발이 중요해."

운동 선생님들께 듣던 잔소리를 아이에게까지 듣다
니. 분하기도 하고 웃기기도 했다. 하지만 오늘은 강이
말을 잘 들어줄 거다. 아이의 지시대로 자세를 고쳐가
며 슛을 날리다 보니 옷은 금세 땀으로 젖고, 마스크 안
엔 들숨 날숨으로 물방울이 맺혔다. 그래도 다시 슛. 계
속된 실패 끝에 마침내 오른쪽 측면 슛이 제대로 들어
갔다.

"오, 나이스!"

강이의 목소리가 텅 빈 운동장에 울려 퍼졌다. 나도
고함을 지르며 폴짝폴짝 뛰었다. 볼에 힘이 실린다는 게
뭔지 조금 알 듯했다.

골을 넣은 김에 10점 내기 승부차기를 하기로 했다.
아래로 오는 공은 허벅지에 멍이 들어가며 잘 막아냈지
만, 왼쪽 측면 위로 날아오는 공은 지금 내 어깨로는 막
을 길이 없었다. 명승부였지만 10:7, 근소한 차이로 내

가 졌다.

"재밌었다, 그치?"

패자의 카드로 스무디를 사 먹으며 강이가 은근히 물었다. 요새 계속 울적해하는 나를 나름 위로해주고 싶었나 보다. 아무렇게나 공을 찬 것만으로도 내 얼굴은 한결 밝아져 있었다.

"응, 네 덕분에 진짜 잘 놀았어"

"담에 또 하자. 엄마 나이스였어"

강이는 '나이스'란 단어를 암장에서 배웠다. 칭찬과 응원, 때로는 감탄이 담긴 단어. 야구장에서도 '나이스'는 종종 들리는 말이다. 나이스 배팅, 나이스 볼, 나이스 샷. 이 말은 꼭 잘하는 사람에게 외쳐주는 건 아니다. 그가 처음보다 발전했을 때, 안 되던 걸 해냈을 때, 아니면 그의 노력이 보이는 순간 위로와 응원의 말로도 쓰인다. 감탄인지 위로인지는 '나이스'의 억양에서 티가 나지만, 어느 쪽이든 괜찮다. 그 말을 해주고 싶을 때의 마음은 모두가 비슷할 테니까 말이다.

오늘 나에겐 나만의 '나이스'한 순간이 있었다. 오늘은 그거면 됐다.

산에 오르는 마음

우리 집 창문에선 북한산이 정면으로 보인다. 아마도 향로봉일 바위 봉우리가 액자 속에 들어온 듯 잘 보여서 이사 온 첫날 '북한산 정기'를 운운했던 기억이 난다. '산책 가듯이 산에 올라가면 되겠다'라는 말은 그야말로 말뿐이어서 실제로 북한산에 오른 건 지난 2년간 두 번이 다였다.

"산에 갔다 올래?"

평소 같으면 콧방귀를 끼었을 텐데 그날엔 철의 제안이 솔깃하게 들렸다. 어깨를 다친 후로 좋아하던 운동은 할 엄두를 못 냈다. 야구나 클라이밍은 모두 어깨를 많이 사용하는 운동이라 자칫 잘못하면 무리가 될 수 있었다. 재활 운동을 하고는 있었지만 영 심심했다. 재미를 되찾고 싶다! 몸에 갇혀버린 듯한 이 답답함에서 벗어나고 싶었다.

"한참 올라가야 해?"

당연히 거절할 줄 알았던 내 입에서 긍정의 단어가 튀어나오자 철은 본격적으로 설득을 시작했다.

"족두리봉까지는 30분 정도만 오르면 돼. 그건 너무 짧으니까 향로봉이나 비봉까지 가도 되고. 가다가 힘들면 언제든 내려오면 되지."

30분. 마법의 단어 30분. 30분 걸린다고 한 일이 30분 안에 끝나는 걸 본 적이 없고, 30분이면 도착하다는 사람이 30분 안에 오는 것도 못 봤으면서도 그 말을 믿고 싶었다.

최대한 몸을 가볍게 한다고 가방 하나 없이 길을 나섰다. 오후 느지막이 출발해서 그런지 등산로 입구에는 산을 내려오는 사람이 많았다. 나도 이대로 돌아서 내려갈까 싶은 생각도 들었지만, 마스크 너머로 슬쩍 들어오는 흙 냄새가 한 걸음을 더 내딛게 도와주었다. 딱딱한 아스팔트 길보다는 흙길이 걷기도 편했다. 북한산 입구 이정표에 거리가 나와 있었다. 족두리봉은 1.1km, 향로봉은 2.3km.

'보통 평지에서 1km 걸으면 12분 정도 걸리니까, 그렇게 먼 건 아니군. 이왕 산에 온 김에 그럼…'

산에서의 두 배 거리는 평지와 다르다는 걸 제대로 몰랐던 나는, 호기롭게 외쳤다.

"가보자, 향로봉"

처음부터 가파른 돌계단을 만났다. 돌계단을 반쯤 오르자 등이 땀으로 흠뻑 젖었다. 오가는 사람이 없는 틈을 타서 마스크를 벗고 심호흡을 했다. 언제쯤이면 마스크 없이 운동을 할 수 있을까? 숨이 가빠질수록 마스크가 입안으로 들어올 것 같았다. 꾸역꾸역 돌계단을 다 오르니 가려졌던 시야가 열리며 산 아래가 보인다. 이제야 좀 산에 온 맛이 난다. 10분 올라와 놓고 인스타그램에 올릴 사진도 몇 장 찍어두었다. 언제든 포기할 수 있는 자의 보험이다.

바위를 타고 올라야 하는 구간에는 다행히 철제 난간이 설치되어 있었다. 문제는 난간 위치가 내 몸의 왼쪽이라는 것. 왼손에 힘을 주어 몸을 당기면 어깨 통증이 심하기 때문에 왼편 난간을 오른손으로 잡은 괴상한 모양으로 능선을 올랐다. 뒤만 돌아도 은평구 도심이

한눈에 보였다. 저 다닥다닥한 집들 사이 나도 살고, 너
도 살고. 집 근처 언덕배기에 아이가 다니는 학교도 보
인다. 아까보다 집들이 작아진 걸 보니 꽤 많이 올라온
것 같았다. 이미 산에 오른 지 30분은 훌쩍 넘어섰다. 우
리는 중간에 만난 계곡에 잠시 자리를 잡고 앉았다. 걷
느라 뜨거워진 발을 계곡에 담그고 마시는 물맛이 기가
막히다.

"이제 거의 다 온 거지?"

물음이 아니라 바람에 가까운 내 말에 철의 답도 정
해져 있다.

"그럼, 거의 다 왔어."

믿을 수밖에 없다.

간신히 향로봉 앞에 도착했을 땐 이미 몸이 녹초가
되어 있었다. 여기까지 왔으니 능선을 타고 위에 올라
경치를 봐야 하는데, 왼손을 뻗을 수가 없어 겁이 난다.
올라오는 동안 몇 번 왼손을 짚었다가 난데없는 통증에
비명을 지른 후였다. 예전이라면 단번에 오를 수 있었
던 작은 바위도 빙 둘러서 올라야 했다. 잔뜩 겁먹은 내
모습이 마음에 안 든다. 철의 도움을 받아가며 향로봉
에 올랐다. 눈앞에 펼쳐진 풍경에 속이 시원하다. 산자

락 초입에서 미리 찍어둔 사진은 쓸 일이 없어졌다. 산에 오르는 재미가 이런 거군. 탁 트인 하늘, 시원한 바람, 작게 보이던 집들은 점이 될 만큼 멀어져 있었다. 언제 여기까지 올라왔나 싶다. 우리는 오랜만에 찾아온 여유를 즐기며 말없이 바위에 한참을 앉아 있었다.

얼마 전 읽은 《체육관으로 간 뇌과학자》[13]라는 책이 떠올랐다. 저자는 인텐사티(intenSati)라는 운동 수업을 경험하며 신체 활동과 두뇌의 상관관계를 깊이 연구하게 된다. 이 운동은 한 동작을 취할 때마다 정해진 확언을 외치게 한다. 주먹을 뻗을 때마다 '나는 이제 강하다'라고 외치거나 어퍼컷을 날리며 '나는 지금 탁월하다'라고 소리치는 식이다. 이렇게 긍정적인 외침과 함께 운동을 하면 정말 강인함이 느껴졌다고 했다. 자신을 강하다고 믿고, 그렇기에 더 강하게 밀어붙이고, 그 효과는 체육관을 나와서도 지속되었다고.

그래서 나도 향로봉 위에서 외쳐보았다.

"나는 강하다!"

허공에 어퍼컷을 날렸다.

---

13 《체육관으로 간 뇌과학자》, 웬디 스즈키, 조은아 역, 북라이프, 2019.

"나는 나아질 거다!"

하늘을 향해 양팔을 있는 힘껏 뻗었다. 삐뚜름하게 뻗은 왼팔에 힘을 주며 소리쳤다.

"나는 괜찮다!"

다행히 주변엔 사람이 없었다.

내려오는 길엔 다리가 풀리는 바람에 고생을 좀 했다. 잠시 쉬어가는 사이 솔방울을 갈비 먹듯 뜯는 청설모도 보았다. 야무지게 솔방울을 돌려가며 발라 먹고, 다 먹은 껍질을 나무 아래로 가차 없이 내던졌다. 저런 쿨함을 닮고 싶다고 생각했다.

풀린 다리를 핑계로 등산로 초입에 있던 전집에 들어가 막걸리를 마셨다. 재활 선생님이 술은 일주일에 소주 반 병만 마시랬지만, 오늘은 힘들었으니 막걸리 한 병은 봐주시겠지. 5천 원짜리 부추전에 막걸리 한 사발을 들이켰다. 꿀떡꿀떡 잘 넘어간다. 그래, 이 맛에 산에 올랐었지? 온몸에 힘이 다 풀려서 막걸리 한 잔을 들어 올리는 데도 손은 후들후들 떨리고, 다리는 욱신욱신 쑤시는데 입가엔 어쩐지 웃음이 실린다.

괜찮다, 앞으로도 괜찮을 것 같다.

붙들고 올라가기

슬픈 몸치의 운동 격파기

초판 1쇄 인쇄 2022년 7월 25일
초판 1쇄 발행 2022년 8월 5일

지은이 지민
발행인 박효상
편집장 김현
시리즈 책임기획·편집 윤정아
디자인 이지선
마케팅 이태호 이전희
관리 김태옥

종이 월드페이퍼 | **인쇄·제본** 예림인쇄 바인딩 | **출판등록** 제10-1835호
펴낸 곳 사람in | **주소** 04034 서울시 마포구 양화로11길 14-10(서교동) 3F
전화 02) 338-3555(代) | **팩스** 02) 338-3545 | **E-mail** saramin@netsgo.com
Website www.saramin.com

ISBN 978-89-6049-961-4
      978-89-6049-909-6 04810 (세트)